每个人都是一个宇宙

全新修订版

周国平 ——— 作品

湖南文艺出版社
HUNAN LITERATURE AND ART PUBLISHING HOUSE

博集天卷
CS-BOOKY

孤独是一个人的精神漫步。

唯有在孤独中，人才能与自己的灵魂相遇。

人必须学会倾听自己的心声，自己与自己交流，
这样才能逐渐形成一个较有深度的内心世界。

每个人都是一个宇宙

我必须休养我的这颗自足的心灵，
唯有带着这颗心灵去活动，我才心安理得并且确有收获。

有的人只有在沸腾的交往中才能辨认他的自我，
有的人只有在宁静的独处中才能辨认他的自我。

每个人都是一个宇宙，

每个人都应该有一个自足的精神世界。

这是一个安全的场所，

其中珍藏着你最珍贵的宝物，任何灾祸都不能侵犯它。

心灵是一本奇特的账簿，只有收入，没有支出，
人生的一切痛苦和欢乐，都化作宝贵的体验记入它的收入栏中。

　　人仿佛有了两个自我，一个自我到世界上去奋斗，去追求，也许凯旋，也许败归，
另一个自我便含着宁静的微笑，把这遍体汗水和血迹的哭着笑着的自我迎回家来，
把丰厚的战利品指给他看，连败归者也有一份。

目录
Contents

第一章

爱与孤独

第二章

与身外遭遇保持距离

第五章

亲密有间

第六章

表达你心中
的爱和善意

第七章

欣赏另一半

爱与孤独 —— 第一章 ——

生命纯属偶然，所以每个生命都要依恋另一个生命，
相依为命，结伴而行。
生命纯属偶然，所以每个生命都不属于另一个生命，
像一阵风，无牵无挂。

爱与孤独

爱与孤独是人生最美丽的两支曲子，两者缺一不可。无爱的心灵不会孤独，未曾体味过孤独的人也不可能懂得爱。

凡人群聚集之处，必有孤独。我怀着我的孤独，离开人群，来到郊外。我的孤独带着如此浓烈的爱意，爱着田野里的花朵、小草、树木和河流。

原来，孤独也是一种爱。

由于怀着爱的希望，孤独才是可以忍受的，甚至是甜蜜的。当我独自在田野里徘徊时，那些花朵、小草、树木、河流之所以能给我以慰藉，正是因为我隐约预感到，我可能会和另一颗同样爱它们的灵魂相遇。

在最内在的精神生活中，我们每个人都是孤独的，爱并不能消除这种孤独，但正因为由己及人地领悟到了别人的孤独，我们内心才会对别人充满最诚挚的爱。

孤独源于爱，无爱的人不会孤独。

也许孤独是爱最意味深长的赠品，受此赠礼的人从此学会了爱自己，也学会了理解别的孤独的灵魂和深藏于它们之中的深邃的爱，从而为自己建立了一个珍贵的精神世界。

孤独是人的宿命，它基于这样一个事实：我们每个人都是这世界上一个旋生旋灭的偶然存在，从无中来，又要回到无中去，没有任何人、任何事情能够改变我们的这个命运。是的，甚至连爱也不能。凡是领悟人生这样一种根本性孤独的人，便已经站到了一切人间欢爱的上方，爱到最热烈时也不会做爱的奴隶。

生命纯属偶然，所以每个生命都要依恋另一个生命，相依为命，结伴而行。

生命纯属偶然，所以每个生命都不属于另一个生命，像一阵风，无牵无挂。

每一个问题至少都有两个相反的答案。

孤独的价值

一

　　我很有兴趣地读完了英国医生安东尼·斯托尔所著的《孤独》一书。在我的概念中，孤独是一种具有形而上意味的人生境遇和体验，为哲学家、诗人所乐于探究或描述。我曾担心，一个医生研究孤独，会不会有职业偏见，把它仅仅视为一种病态呢？令我满意的是，作者是一位相当有人文修养的精神科医生，善于把开阔的人文视野和精到的专业眼光结合起来，因此不但没有抹杀，反而更有说服力地揭示了孤独在人生中的价值，其中也包括它的心理治疗作用。

　　事实上，精神科医学的传统的确是把孤独仅仅视为一种病态的。按照这一传统的见解，亲密的人际关系是精神健全最重要的标志，是人生意义和幸福的主要源泉甚至唯一源泉。反之，一个成人倘若缺乏建立亲密的人际关系的能力，便表明他的精神成熟进程受阻，亦即存在着某种心理疾患，需要加以治疗。斯托尔写这本书的主旨正是要反对这种偏颇性，在自己的专业领域内为孤独"正名"。他在肯定人际关系的价值的同时，着重论证了孤独也是人生意义的重要源泉，对具有创造天赋的人来说，甚至是决定性的源泉。

　　其实，对孤独的贬损并不限于今天的精神科医学领域。早在《伊利亚特》中，荷马已经把无家无邦的人斥为自然的弃物。亚里士多德在他的《政治学》中据以发挥，断言人是最合群的动物，接着说出了一句名言："离群索居者不是野兽，便是神灵。"这话本身说得很漂亮，但他的用意是在前半句，拉扯开来大做文章，压根儿不再提后半句。后来培根引用这话时，干脆说只有前半句是真理，后半句纯属邪说。既然连某些大哲学家也对孤独抱有成见，我就很愿意结合读斯托尔的书的心得，说一说我对孤独的价值的认识。

二

交往和独处原是人在世上生活的两种方式，对每个人来说，这两种方式都是必不可少的，只是比例不相同罢了。由于性格的差异，有的人更爱交往，有的人更喜独处。人们往往把交往看作一种能力，却忽略了独处也是一种能力，并且在一定意义上是比交往更为重要的一种能力。反过来说，不擅交际固然是一种遗憾，不耐孤独也未尝不是一种很严重的缺陷。

从心理学的观点看，人需要独处，是为了进行内在的整合。所谓整合，就是把新的经验放到内在记忆中的某个恰当位置上。唯有经过这一整合的过程，外来的印象才能被自我消化，自我也才能成为一个既独立又生长着的系统。所以，有无独处的能力，关系到一个人能否真正形成一个相对自足的内心世界，而这又会进而影响到他与外部世界的关系。斯托尔引用温尼科特的见解指出，那种缺乏独处能力的人只具有"虚假的自我"，因此只是顺从而不是体验外部世界，世界对于他仅是某种必须适应的对象，而不是可以满足他的主观性的场所，这样的人生当然就没有意义。

事实上，无论活得多么热闹，每个人都必定有最低限度的独处时间，那便是睡眠。不管你与谁同睡，你都只能独自进入你的梦乡。同床异梦是一切人的命运，同时也是大自然的恩典，在心理上有其必要性。有的心理学家推测，梦具有与独处相似的整合功能，而不能正常做梦则可能造成某些精神疾患。另一个例子是居丧。对丧亲者而言，最重要的不是他人的同情和劝慰，而是在独处中顺变。正像斯托尔所指出的："这种顺变的过程非常私密，因为事关丧亲者与死者之间的亲密关系，这种关系别人没有分享过，也不能分享。"居丧的本质是面对亡灵时"一个人内心孤独的深处所发生的某件事"。如果人为地压抑这个哀伤过程，也会导致心理疾病。

关于孤独对于心理健康的价值，书中还有一些有趣的谈论。例如，对外界刺激做出反应是动物的本能，"不反应的能力"则是智慧的要素。又例如，"感觉过剩"的祸害并不亚于"感觉剥夺"。总之，我们不能一头扎到外部世界和人际关系里，而放弃对内在世界的整合。斯托尔的结论是：内在的心理经验是最奥妙、最有疗效的。荣格后期专门治疗中年病人，他发现，他的大多数病人都很能适应社会，且有杰出的成就，病人遭遇"中年危机"的原因就在于缺少内心的整合，通俗地说，也就是缺乏个性，因而仍然不免感觉到人生的空虚。他试图通过一种所谓"个性化过程"的方案加以治疗，使这些病人找到真正属于自己的人生意义。我怀疑这个方案是否当真有效，因为我不相信一个人能够通过心理治疗获得他本来所没有的个性。不过，有一点是可以确定的，即个性以及基本的孤独体验是人生意义问题思考的前提。

三

人类精神创造的历史表明，孤独更重要的价值在于孕育、唤醒和激发了精神的创造力。我们难以断定，这一点是否对所有的人都适用，抑或仅仅适用于那些有创造天赋的人。我们至少应该相信，凡正常人皆有创造力的潜质，区别仅在量的大小而已。

一般而论，人的天性是不愿忍受长期的孤独的，长期的孤独往往是被迫的。然而，正是在被迫的孤独中，有的人的创造力意外地得到了发展的机会。一种情形是牢狱之灾，文化史上的许多传世名作就诞生在牢狱里。例如，波伊提乌的《哲学的慰藉》，莫尔的《快乐对苦难对话录》，雷利的《世界史》，都是作者在被处死刑之前的囚禁期内写作的。班扬的《天路历程》、陀思妥耶夫斯基的《死屋手记》也是在牢狱里酝酿的。另一种情形是疾病。斯托尔举了耳聋造成的孤独的例子，这种孤独反而激发了贝多芬、戈雅的艺术想象力。在疾病促进创作方面，我们可以续上一个包括尼采、普鲁斯特在内的长长的名单。司马迁所说"左丘失明，厥有《国语》，孙子髌脚，兵法修列"等，也涉及了牢狱和疾病之灾与创作的关系，虽然他更多地着眼于苦难中的发愤。强制的孤独不只是造成了一种必要，迫使人把被压抑的精力投于创作，而且我相信，由于牢狱或疾病把人同纷繁的世俗生活拉开了距离，人是会因此获得看世界和人生的一种新的眼光的，而这正是孕育出大作品的重要条件。

不过，对大多数天才来说，他们陷于孤独不是因为外在的强制，而是由于自身的气质。大体说来，艺术的天才，例如作者所举的卡夫卡、吉卜林，多是忧郁型气质，而孤独中的写作则是一种自我治疗的方式。如同一位作家所说："我写忧郁，是为了使自己无暇忧郁。"一开始写作只是作为一种补偿，后来便获得了独立的价值，成了他们乐在其中的生活方式。创作过程无疑能够抵御忧郁，所以，据精神科医生们说，只有那些创作力衰竭的作家才会找他们去治病。但是，据我所知，这时候的忧郁往往是不治的，这类作家的结局不是潦倒便是自杀。另一类是思想的天才，例如作者所举的牛顿、康德、维特根斯坦，则相当自觉地选择了孤独，以便保护自己的内在世界，可以不受他人干扰地专注于意义和秩序的寻求。这种专注和气功状态有类似之处，所以，包括这三人在内的许多哲学家都长寿，也许不是偶然的。

让我回到前面所引的亚里士多德的名言。一方面，孤独的精神创造者的确是野兽，也就是说，他们在社会交往的领域里明显低于一般人的水平，不但相当无能，甚至有着难以克服的精神障碍。在社交场合，他们往往笨拙而且不安。有趣的是，人们观察到，他们比较容易与小孩或者动物相处，那时候他们会感到轻松自在。另一方面，他们同时又是神灵，也就是说，他们在某种意义上已经超出和不很需要通常的人际交往了，对他们来说，创造而不是亲密的依恋关系成了生活意义的主要源泉。所以，还是尼采说得贴切，他在引用了"离群索居者不是野兽，便是神灵"一语之后指出：亚里士多德"忽略了第三种情形：必须同时是二者——哲学家……"。

四

孤独之为人生的重要体验，不仅是因为唯有在孤独中，人才能与自己的灵魂相遇，而且是因为唯有在孤独中，人的灵魂才能与上帝、与神秘、与宇宙的无限之谜相遇。正如托尔斯泰所说，在交往中，人面对的是部分和人群，而在独处时，人面对的是整体和万物之源。这种面对整体和万物之源的体验，便是一种广义的宗教体验。

在世界三大宗教的创立过程中，孤独的经验都起了关键作用。释迦牟尼的成佛，不但是在出家以后，而且是在离开林中的那些苦行者以后，他是独自在尼连禅河畔的菩提树下连日冥思，然后豁然彻悟的。耶稣也是在旷野度过了四十天，然后才向人宣示救世的消息。穆罕默德在每年的斋月期间，都要到希拉山的洞窟里隐居。

我相信这些宗教领袖绝非故弄玄虚。斯托尔所举的例子表明，在自愿的或被迫的长久独居中，一些普通人同样会产生一种与宇宙融合的"忘形的一体感"，一种"与存在本身交谈"的体验。而且，曾经有过这种体验的人都表示，那些时刻是一生中最美妙的，对于他们的生活观念有着永久的影响。一个人未必因此就要皈依某一宗教，其实今日的许多教徒并没有真正的宗教体验。一个确凿的证据是，他们不是在孤独中，而必须是在寺庙和教堂里，在一种实质上是公众场合的仪式中，方能领会一点宗教的感觉。然而，这种所谓的宗教感，与始祖们在孤独中感悟的境界已经风马牛不相及了。

真正的宗教体验把人超拔出俗世琐事，倘若一个人一生中从来没有过类似的体验，他的精神视野就未免狭隘。尤其是对一个思想家来说，这肯定是一种精神上的缺陷。一个恰当的例子是弗洛伊德。在与他的通信中，罗曼·罗兰指出：宗教感情的真正来源是"对永恒的一种感动，也就是一种无边无际的大洋似的感觉"。弗洛伊德承认他毫无此种体验，按照他的解释，所谓与世界合为一体的感觉仅是一种逃避现实的自欺，犹如婴儿在母亲怀中寻求安全感一样，属于精神退化现象。这位目光锐利的医生总是习惯于把一切精神现象还原成心理现象，所以，诚然他是一位心理分析大师，但终究不是真正意义上的大思想家。

五

在斯托尔的书中，孤独的最后一种价值好像是留给人生的最后一个阶段的。他写道："虽然疾病和伤残使老年人在肉体上必须依赖他人，但是感情上的依赖逐渐减少。老年人对人际关系经常不大感兴趣，较喜欢独处，而且渐渐地较专注于自己的内心。"作者显然是赞赏这一变化的，因为它有助于老年人摆脱对人世的依恋，为死亡做好准备。

中国的读者也许会提出异议。我们目睹的事实是，今天中国的老年人比年轻人更喜欢集体活动，他们聚在一起扭秧歌，跳交谊舞，活得十分热闹，成为中国街头一大景观。然而，凡是到过欧美的人都知道，斯托尔的描述至少对于西方人是准确的，那里的老年人都很安静，绝无扎堆喧闹的癖好。他们或老夫老妻做伴，或单独一人，坐在公园里晒太阳，或者作为旅游者去看某处的自然风光。当然，我们不必在中西养老方式之间进行褒贬。老年人害怕孤独或许是情有可原的，孤独使他们清醒地面对死亡的前景，而热闹可使他们获得暂时的忘却和逃避。问题在于，死亡终究不可逃避，而有尊严地正视死亡是人生最后的一项光荣。所以，我个人比较欣赏西方人那种平静度过晚年的方式。

对精神创造者来说，如果他们能够活到老年，老年的孤独心境不但有助于他们与死亡和解，而且会使他们的创作进入一个新的境界。斯托尔举了贝多芬、李斯特、巴赫、勃拉姆斯等一系列作曲家的例子，证明他们的晚年作品都具有更加深入自己的精神领域、不太关心听众的接受的特点。一般而言，天才晚年的作品更空灵、更超脱、更形而上，那时候他们的灵魂已经抵达天国的门口，人间的好恶和批评与他们无关了。歌德从三十八岁开始创作《浮士德》，直到临死前夕即他八十二岁时才完成，应该不是偶然的。

独处也是一种能力

　　独处也是一种能力，并非任何人任何时候都可具备。具备这种能力并不意味着不再感到寂寞，而在于安于寂寞并使之具有生产力。人在寂寞中有三种状态：一是惶惶不安，茫无头绪，百事无心，一心要逃出寂寞；二是渐渐习惯于寂寞，安下心来，建立起生活的条理，用读书、写作或别的事务来驱逐寂寞；三是寂寞本身成为一片诗意的土壤，一种创造的契机，诱发出关于存在、生命、自我的深邃思考和体验。

　　有的人只习惯于与别人共处，和别人说话，自己对自己无话可说，一旦独处就难受得要命，这样的人终究是肤浅的。人必须学会倾听自己的心声，自己与自己交流，这样才能逐渐形成一个较有深度的内心世界。

托尔斯泰在谈到独处和交往的区别时说："你要使自己的理性适合整体，适合一切的源，而不是适合部分，不是适合人群。"说得好。

对一个人来说，独处和交往均属必需。但是，独处更本质，因为在独处时，人是直接面对世界的整体，面对万物之源的。相反，在交往时，人只是面对部分，面对过程的片段。人群聚集之处，只有凡人琐事、过眼云烟，没有上帝和永恒。

也许可以说，独处是时间性的，交往是空间性的。

人们常常误认为，那些热心于社交的人是一些慷慨之士。泰戈尔说得好，他们只是在挥霍，不是在奉献，而挥霍者往往缺乏真正的慷慨。

那么，挥霍与慷慨的区别在哪里呢？我想是这样的：挥霍是把自己不珍惜的东西拿出来，慷慨是把自己珍惜的东西拿出来。社交场上的热心人正是这样，他们不觉得自己的时间、精力和心情有什么价值，所以毫不在乎地把它们挥霍掉。相反，一个珍惜生命的人必定宁愿在孤独中从事创造，然后把最好的果实奉献给世界。

我需要到世界上去活动，我喜欢旅行、冒险、恋爱、奋斗、成功、失败。日子过得平平淡淡，我会无聊，过得冷冷清清，我会寂寞。但是，我更需要宁静的独处，更喜欢过一种沉思的生活。总是活得轰轰烈烈、热热闹闹，没有时间和自己待一会儿，我就会非常不安，好像丢了魂一样。我必须休养我的这颗自足的心灵，唯有带着这颗心灵去活动，我才心安理得并且确有收获。

我需要一种内在的沉静，可以以逸待劳地接收和整理一切外来印象。这样，我才觉得自己具有一种连续性和完整性。当我被过于纷繁的外部生活搅得不复安宁时，我就断裂了、破碎了，因而也就失去了吸收消化外来印象的能力。

世界是我的食物。人只用少量时间进食，大部分时间在消化。独处就是我消化世界。

如果没有好胃口，天天吃宴席有什么乐趣？如果没有好的感受力，频频周游世界有什么意思？反之，天天吃宴席的人怎么会有好胃口？频频周游世界的人怎么会有好的感受力？

心灵和胃一样，需要休息和复原，独处和沉思便是心灵的休养方式。当心灵因充分休息而饱满，又因久不活动而饥渴时，它就能最敏锐地品味新的印象。

高质量的活动和高质量的宁静我们都需要，而后者实为前者的前提。

我天性不宜交际。在多数场合，我不是觉得对方乏味，就是害怕对方觉得我乏味。可是我既不愿忍受对方的乏味，也不愿费劲使自己显得有趣，那都太累了。我独处时最轻松，因为我不觉得自己乏味，即使乏味，也自己承受，不累及他人，无须感到不安。

这么好的夜晚，宁静，孤独，精力充沛，无论做什么，都觉得可惜了，糟蹋了。我什么也不做，只是坐在灯前，吸着烟……

我从我的真朋友和假朋友那里抽身出来，回到了我自己。只有我自己。

这样的时候是非常好的。没有爱，没有怨，没有激动，没有烦恼，可是依然强烈地感觉到自己的生存，感到充实。这样的感觉是非常好的。

一个夜晚就这么过去了。可是我仍然不想睡觉。这是这样的一种时候，什么也不想做，包括睡觉。

通宵达旦地坐在喧闹的电视机前，他们把这叫作过年。

我躲在我的小屋里，守着我今年的最后一刻寂寞。当岁月的闸门一年一度打开时，我要独自坐在坝上，看我的生命的河水汹涌流过。这河水流向永恒，我不能想象我缺席，使它不带着我的虔诚，也不能想象有宾客，使它带着酒宴的污秽。

我要为自己定一个原则：每天夜晚，每个周末，每年年底，只属于我自己。在这些时间里，我不做任何履约交差的事情，而只读我自己想读的书，只写我自己想写的东西。如果不想读、不想写，我就什么也不做，宁肯闲着，也决不应付差事。差事是应付不完的，唯一的办法是人为地加以限制，确保自己的自由时间。

在舞曲和欢笑声中，我思索人生；在沉思和独处中，我享受人生。

有的人只有在沸腾的交往中才能辨认他的自我，有的人只有在宁静的独处中才能辨认他的自我。

独处的充实

怎么判断一个人究竟有没有他的"自我"呢？我可以提出一个检验的方法，就是看他能不能独处。当你自己一个人待着时，你是感到百无聊赖、难以忍受呢，还是感到一种宁静、充实和满足？

对有"自我"的人来说，独处是人生中的美好时刻和美好体验，虽然有些寂寞，寂寞中却又有一种充实。独处是灵魂生长的必要空间。在独处时，我们从别人和事务中抽身出来，回到了自己。这时候，我们独自面对自己和上帝，开始了与自己的心灵以及与宇宙中的神秘力量的对话。一切严格意义上的灵魂生活都是在独处时展开的。和别人一起谈古说今，引经据典，那是闲聊和讨论；唯有自己沉浸于古往今来大师们的杰作中时，才会有真正的心灵感悟。和别人一起游山玩水，那只是旅游；唯有自己独自面对苍茫的群山和大海时，才会真正感受到与大自然的沟通。所以，一切注重灵魂生活的人对于卢梭的这话都会产生同感："我独处时从来不感到厌烦，闲聊才是我一辈子忍受不了的事情。"这种对于独处的爱好与一个人的性格完全无关，爱好独处的人同样可能是一个性格活泼、喜欢朋友的人，只是无论他怎么乐于与别人交往，独处始终是他生活中的必需。在他看来，一种缺乏交往的生活当然是一种缺陷，一种缺乏独处的生活则简直是一种灾难了。

当然，人是一种社会性的动物，他需要与他的同类交往，需要爱和被爱，否则就无法生存。世上没有一个人能够忍受绝对的孤独。但是，绝对不能忍受孤独的人是一个灵魂空虚的人。世上正有这样的一些人，他们最怕的就是独处，让他们和自己待一会儿，对于他们简直是一种酷刑。只要闲下来，他们就必须找个地方去消遣，什么卡拉 OK 舞厅啦、录像厅啦、电子娱乐厅啦，或者就找人聊天。自个儿待在家里，他们必定会打开电视机，没完没了地看那些粗制滥造的节目。他们的日子表面上过得十分热闹，实际上他们的内心极其空虚。他们所做的一切都是为了想方设法避免面对面看见自己。对此我只能有一个解释，就是连他们自己也感觉到了自己的贫乏，和这样贫乏的自己待在一起是顶没有意思的，再无聊的消遣也比这有趣得多。这样做的结果是他们变得越来越贫乏，越来越没有了自己，形成了一个恶性循环。

独处的确是一个检验，用它可以测出一个人灵魂的深度，测出一个人对自己真正的感觉，他是否厌烦自己。对每个人来说，不厌烦自己是一个起码要求。一个连自己也不爱的人，我敢断定他对于别人也是不会有多少价值的，他不可能有高质量的社会交往。他跑到别人那里去，对于别人只是一种打扰、一种侵犯。一切交往的质量都取决于交往者本身的质量。唯有在两个灵魂充实丰富的人之间，才可能有真正动人的爱情和友谊。我敢担保，历史上和现实生活中找不出一个例子，能够驳倒我的这个论断，证明某一个浅薄之辈竟也会有此种美好的经历。

灵魂只能独行

　　我是与一个集体一起来到这个岛上的。我被编入了这个集体，是这个集体的一员。在我住在岛上的全部日子里，我都不能脱离这个集体。可是，我知道，我的灵魂不和这个集体在一起。我还知道，任何一个人的灵魂都不可能和任何一个集体在一起。

　　灵魂永远只能独行。当一个集体按照一个口令齐步走的时候，灵魂不在场。当若干人朝着一个具体的目的地结伴而行时，灵魂也不在场。不过，在这些时候，那缺席的灵魂很可能就在不远的某处，你会在众声喧哗时突然听见它清晰的足音。

　　即使两人相爱，他们的灵魂也无法同行。世间最动人的爱仅是一颗独行的灵魂与另一颗独行的灵魂之间最深切的呼唤和应答。

　　灵魂的行走只有一个目标，就是寻找上帝。灵魂之所以只能独

行，是因为每一个人只有自己寻找，才能找到他的上帝。

爱使人富有

那是在一个边疆省会的书店里，一个美丽而羞怯的女孩从陈列架上取下最后一本《妞妞》，因为书店经理答应把这本仅剩的样书卖给她，她激动得脸蛋绯红，然后请求我为她写一句话。当时，我就在书的扉页上写下了这句话——

爱使人富有。

这句话写在我的著作《妞妞》上，是对其中讲述的我的人生体验的概括。妞妞是一个昙花一现的小生命，她的到来使我比以往任何时候都更深切地领悟了爱的实质和力量，现在她虽然走了，但因她而获得的爱的体验已经成为我永远的财富。

这句话写给这个美丽的女孩，又是对她以及许多和她一样的年轻女性的祝愿。在每一个年轻女性的前方，都有长长的爱的故事等待着她们。故事的情节也许简单，也许曲折，结局也许幸福，也许不幸。不论情形如何，我祝愿她们的心灵都将因爱而变得丰富，成为精神上的富有者。

常常听人说：年轻美貌是财富。对于女性好像尤其如此，一个漂亮女孩有着太多的机会，使人感到前途无量。可是，我知道，如果内心没有对真爱的追求和感悟，机会就只是一连串诱惑，只会引人失足，青春就只是一笔不可靠的财富，很容易被挥霍掉。

常常听人说：爱情会把人掏空。在遭遇挫折的时候好像尤其如此，倾心相爱的那个人离你而去了，你会顿时感到万念俱灰。可是，我知道，只要你曾经用真心去爱，爱的收获就必定会以某种方式保藏在你的心中，当岁月渐渐抚平了创伤，你就会发现最主要的珍宝并未丢失。

爱是奉献，但爱的奉献不是单纯的支出，同时也必是收获。正是通过亲情、性爱、友爱这些最具体的爱，我们才不断地建立和丰富了与世界的联系。深深地爱一个人，你借此所建立的不只是与这个人的联系，而且是与整个人生的联系。一个从来不曾深爱过的人与人生的联系也是十分脆弱的，他在这个世界上生活，但他会感觉到自己只是一个局外人。爱的经历决定了人生内涵的广度和深度，一个人爱的经历越深刻和丰富，他就越深入和充分地活了一场。

如果说爱的经历丰富了人生，那么，爱的体验则丰富了心灵。不管爱的经历是否顺利，所得到的体验对于心灵都是宝贵的收入。因为爱，我们才有了观察人性和事物的浓厚兴趣。因为挫折，我们的观察便被引向了深邃的思考。一个人历尽挫折而仍保有爱心，证明了他在精神上足够富有，所以输得起。在这方面，耶稣是一个象征，拿撒勒的这个穷木匠一生都在宣传和实践爱的教义，直到被钉上了十字架仍不改悔，因此被世世代代的基督徒奉为精神上最富有的人，即救世主。

我爱故我在

一切终将黯淡，唯有被爱的目光镀过金的日子在岁月的深谷里永远闪着光芒。

心与心之间的距离是最近的，也是最远的。

到世上来一趟，为不多的几颗心灵所吸引、所陶醉，来不及满足，也来不及厌倦，又匆匆离去，把一点迷惘留在世上。

相思不只是苦，苦中也有甜。心里惦着一个人，并且知道那个人心里也惦着自己，岂不比无人可惦记好得多？人是应该有所牵挂的，情感的牵挂使我们与人生有了紧密的联系。那些号称一无牵挂的人其实最可悲，他们活得轻飘而空虚。

有邂逅才有人生魅力。有时候，不必更多，不知来自何方的脉脉含情的一瞥，就足以驱散岁月的阴云，重新唤起我们对幸福的信心。

给人带来最大快乐的是人，给人带来最大痛苦的也是人。

生命与生命之间是互相吸引的。我设想，在一个绝对荒芜、没有生命的星球上，一个活人即使看见一只苍蝇，或一只老虎，也会产生亲切之感的。

人这脆弱的芦苇是需要把另一支芦苇想象成自己的根的。

爱的价值在于它自身，而不在于它的结果。结果可能不幸，可能幸福，但永远不会最不幸和最幸福。在爱的过程中间，才会有"最"的体验和想象。

性爱是人生之爱的原动力。一个完全不爱异性的人不可能爱人生。

大自然提供的只是素材，唯有爱才能把这素材创造成完美的作品。

世上并无命定的姻缘，但是，那种一见倾心、终生眷恋的爱情的确具有一种命运般的力量。

人们常说，爱情使人丧失自我。但还有相反的情形：爱情使人发现自我。在爱人面前，谁不是突然惊喜地发现，自己原来还有这么多平时疏忽的好东西。他渴望把自己最好的东西献给爱人，于是他寻找，他果然找到了。呈献的愿望导致了发现。没有呈献的愿望，也许一辈子都发现不了。

人在世上是需要有一个伴的。有人在生活上疼你，终归比没有好。至于精神上的幸福，这只能靠你自己，永远如此。只要你心中那个美好的天地完好无损，那块新大陆常新，就没有人能夺走你的幸福。

在我的生活中不能没有这样一个伴侣，我和她互相视为命根子，真正感到谁也缺不了谁。我自问是一个很有自我的人，能够欣赏孤独、寂寞、独处的妙趣，但我就是不能没有这样一个伴侣，如果没有，孤独、寂寞、独处就会失去妙趣，我会感到自己孤零零地生活在无边的荒漠中。

与身外遭遇
保持距离

第二章

我们在社会上尽可以积极进取，但是，内心深处一定要为自己保留一份超脱。
有了这一份超脱，我们就能更加从容地品尝人生的各种滋味，
其中也包括失去的滋味。

与身外遭遇保持距离

在终极的意义上，人世间的成功和失败、幸福和灾难，都只是过眼云烟，彼此并无实质的区别。当我们这样想时，我们和我们的身外遭遇保持了一段距离，反而和我们的真实人生贴得更紧了，这真实人生就是一种既包容又超越身外遭遇的丰富的人生阅历和体验。

事情对人的影响是与距离成反比的，离得越近，就越能支配我们的心情。因此，减轻和摆脱其影响的办法就是寻找一个立足点，那个立足点可以使我们拉开与事情之间的距离。如果那个立足点仍在人世间，与事情拉开了一段有限的距离，我们便会获得一种明智的态度。如果那个立足点被安置在人世之外，与事情隔开了一段无限的距离，我们便会获得一种超脱的态度。

人生中有些事情很小，但可能给我们造成很大的烦恼，因为离得太近。人生中有些经历很重大，但我们当时并不觉得，也因为离得太近。距离太近时，小事也会显得很大，使得大事反而显不出大了。隔开一定距离，事物的大小就显出来了。

我们走在人生的路上，遇到的事情是无数的，其中多数非自己所能选择，它们组成了我们每一阶段的生活，左右着我们每一时刻的心情。我们很容易把正在遭遇的每一件事情都看得十分重要。然而，事过境迁，当我们回头看走过的路时便会发现，人生中真正重要的事情是不多的，它们奠定了我们的人生之路的基本走向，而其余的事情不过是路边一些令人愉快或不愉快的小景物罢了。

"距离说"对艺术家和哲学家是同样适用的。理解与欣赏一样，必须同对象保持相当的距离，然后才能观其大体。不在某种程度上超脱，就绝不能对人生有深刻见解。

对于自己的经历应该采取这样的态度：一是尽可能地诚实，正视自己的任何经历，尤其是不愉快的经历，把经历当作人生的宝贵财富；二是尽可能地超脱，从自己的经历中跳出来，站在一个比较高的位置上看它们，把经历当作认识人性的标本。

　　日常生活是有惰性的。身边的事物，手上的事务，很容易获得一种支配我们的力量，夺走我们的自由。我们应该经常跳出来想一想，审视它们是否真正必要。

　　纷纷扰扰，全是身外事。我能够站在一定的距离外来看待我的遭遇了。我是我，遭遇是遭遇。惊涛拍岸，卷起千堆雪。可是，岸仍然是岸，它淡然观望着变幻不定的海洋。

守望的角度

　　若干年前，我就想办一份杂志，刊名也起好了，叫《守望者》，但一直未能如愿。我当然不是想往色彩缤纷的街头报摊上凑自己的一份热闹，也不是想在踌躇满志的文化精英中挤自己的一块地盘。正好相反，在我的想象中，这份杂志应该是很安静的、与世无争的，也因此而在普遍的热闹和竞争中有了存在的价值。我只想开一个小小的园地，可以让现代的帕斯卡们在这里发表他们的思想录。

　　我很喜欢"守望者"这个名称，它使我想起守林人。守林人的心境总是非常宁静的，他长年与树木、松鼠、啄木鸟这样一些最单纯的生命为伴，他自己的生命也变得单纯了。他的全部生活就是守护森林，瞭望云天，这守望的生涯使他心明眼亮，不染尘嚣。"守望者"的名称还使我想起守灯塔人。在奔流的江河中，守灯塔人日夜守护灯塔，瞭望潮汛，保护着船只的安全航行。当然，与都市人相比，守林人的生活未免冷清；与弄潮儿相比，守灯塔人的工作未免平凡。可是，你绝不能说他们是人类中可有可无的一员。如果没有这些守望者的默默守望，森林消失，地球化为沙漠，都市人到哪里去寻欢作乐；灯塔熄灭，航道成为墓穴，弄潮儿如何还能大出风头？

在历史的进程中，我们同样需要守望者。守望是一种角度。当我这样说时，我已经承认对待历史进程还可以有其他角度，它们也都有存在的理由。譬如说，你不妨做一个战士，甚至做一个将军，在时代的战场上冲锋陷阵、发号施令。你不妨投身到任何一种潮流中去，去经商，去从政，去称霸学术，统率文化，叱咤风云，指点江山，去充当各种名目的当代英雄。但是，在所有这些显赫活跃的身影之外，还应该有守望者寂寞的身影。守望者是这样一种人，他们并不直接投身于时代的潮流，毋宁说往往与一切潮流保持着一段距离。但他们也不是旁观者，相反，对于潮流的来路和去向始终怀着深深的关切。他们关心精神价值甚于关心物质价值，在他们看来，无论个人还是人类，物质再繁荣，生活再舒适，如果精神流于平庸，灵魂变得空虚，就绝无幸福可言。所以，他们虔诚地守护着心灵中那一块精神的园地，其中珍藏着他们所看重的人生最基本的精神价值，同时警惕地瞭望着人类前方的地平线，注视着人类精神生活的基本走向。在天空和土地日益被拥挤的高楼遮蔽的时代，他们怀着忧虑之心仰望天空，守卫土地。他们守的是人类安身立命的生命之土，望的是人类超凡脱俗的精神之天。

　　说到"守望者"，我总是想起塞林格的名作《麦田里的守望者》。许多年前，当我还是一个大学生的时候，这部小说的中译本印着"内部发行"的字样，曾在小范围内悄悄流传，也在我手中停留过。"守望者"这个名称给我留下印象，最初就缘于这部小说。小说的主人公是一个被学校开除的中学生，他貌似玩世不恭，厌倦现存的平庸的一切，但他并非没有理想。他想象悬崖边有一大块麦田，一大群孩子在麦田里玩，而他的理想就是站在悬崖边做一个守望者，专门捕捉朝悬崖边上乱跑的孩子，防止他们掉下悬崖。后来我发现，在英文原作中，被译为"守望者"的那个词是 Catcher，直译应是"捕捉者""棒球接球手"。不过，我仍觉得译成"守望者"更传神，意思也好。今日的孩子们何尝不是在悬崖边的麦田里玩，麦田里有天真、童趣和自然，悬崖下是空虚和物欲的深渊。当此之时，我希望世上多几个志愿的守望者，他们能以智慧和爱心守护着麦田和孩子，守护着我们人类的未来。

不占有

我们总是以为，已经到手的东西便是属于自己的，一旦失去，就觉得蒙受了损失。其实，一切皆变，没有一样东西我们能真正占有。得到了一切的人，死时又交出一切。不如在一生中不断地得而复失，习以为常，也许能更为从容地面对死亡。

另一方面，对一颗有接受力的心灵来说，没有一样东西会真正失去。

我失去了的东西，不能再得到了。我还能得到一些东西，但迟早还会失去。最后注定要无可挽救地失去我自己。既然如此，我为什么还要看重得与失呢？到手的一切，连同我的生命，我都可以拿它们来做试验，至多不过是早一点失去罢了。

一切外在的欠缺或损失，包括名誉、地位、财产等，只要不影响基本生存，实质上都不应该带来痛苦。如果痛苦，只是因为你在乎，愈在乎就愈痛苦。只要不在乎，就一根毫毛也伤不了。

守财奴的快乐并非来自财产的使用价值，而是来自所有权。所有权带来的心理满足远远超过所有物本身提供的生理满足。一件一心盼望获得的东西，未必要真到手，哪怕它被放到月球上，只要宣布它属于自己了，自己就会产生一种愚蠢的欢乐。

耶稣说："富人要进入天堂，比骆驼穿过针眼还要困难。"对耶稣所说的富人，不妨做广义的解释，凡是把自己所占有的世俗的价值，包括权力、财产、名声等，看得比精神的价值更宝贵，不肯舍弃的人，都可以包括在内。如果心地不明，我们在尘世所获得的一切就都会成为负担，把我们变成负重的骆驼，而把通往天国的路堵塞成针眼。

王尔德说："人生只有两种悲剧，一是没有得到想要的东西，另一是得到了想要的东西。"我曾经深以为然，并且佩服他把人生的可悲境遇表述得如此轻松俏皮。但仔细玩味，发现这话的立足点仍是占有，所以才会有占有欲未得满足的痛苦和已得满足的无聊这双重悲剧。如果把立足点移到创造上，以审美的眼光看人生，我们岂不可以反其意而说：人生有两种快乐，一是没有得到想要的东西，于是你可以去寻求和创造；另一是得到了想要的东西，于是你可以去品味和体验？

大损失在人生中的教化作用使人对小损失不再计较。

有一个人因为爱泉水的歌声，就把泉水灌进瓦罐，藏在柜子里。我们常常和这个人一样傻。我们把女人关在屋子里，便以为占有了她的美。我们把事物据为己有，便以为占有了它的意义。可是，意义是不可占有的，一旦你试图占有，它就不在了。无论我们和一个女人多么亲近，她的美始终在我们之外。不是在占有中，而是在男人的欣赏和倾倒中，女人的美便有了意义。我想起了海涅，他终生没有娶到一个美女，但他把许多女人的美变成了他的诗，因而也变成了他和人类的财富。

习惯于失去

　　出门时我发现，搁在楼道里的那辆新自行车不翼而飞了。两年之中，这已是第三辆。我一面为世风摇头，一面又感到内心比前两次失窃时要平静得多。

　　莫非是习惯了？

　　也许是。近年来，我的生活中接连遭到惨重的失去，相比之下，丢辆自行车真是不足挂齿。生活的劫难似乎使我悟出了一个道理：人生在世，必须习惯于失去。

　　一般来说，人的天性是习惯于得到而不习惯于失去。呱呱坠地，我们首先得到了生命。自此以后，我们不断地得到：从父母处得到衣食、玩具、爱和抚育，从社会上得到职业的训练和文化的培养。长大成人以后，我们靠着自然的倾向和自己的努力继续得到爱情、配偶和孩子，得到金钱、财产、名誉和地位，得到事业的成功和社会的承认，如此等等。

当然，有得必有失，我们在得到的过程中也确实不同程度地经历了失去。但是，我们比较容易把得到看作应该的、正常的，把失去看作不应该的、不正常的。所以，每每有失去，仍不免感到委屈。所失愈多愈大，就愈委屈。我们暗暗下决心要重新获得，以补偿所失。在我们心中的蓝图上，人生之路仿佛是由一系列获得勾画出来的，而失去则是必须涂抹掉的笔误。总之，不管失去是一种多么频繁的现象，我们对它反正不习惯。

道理本来很简单：失去当然也是人生的正常现象。整个人生是一个不断地得而复失的过程，就其最终结果看，失去反比得到更为本质。我们迟早要失去人生最宝贵的赠礼——生命，随之也就失去了在人生过程中得到的一切。有些失去看似偶然，例如天灾人祸造成的意外损失，但也是无所不包的人生的题中应有之义。"人有旦夕祸福"，既然生而为人，就得有承受旦夕祸福的精神准备和勇气。至于在社会上的挫折和失利，更是人生在世的寻常遭际了。由此可见，不习惯于失去，至少表明对人生尚欠觉悟。一个只求得到、不肯失去的人，表面上似乎富于进取心，实际上是很脆弱的，很容易在遭到重大失去之后一蹶不振。

为了习惯于失去，有时不妨主动地失去。东西方宗教都有布施一说。照我的理解，布施的本义是教人去除贪鄙之心，由不执着于财物，进而不执着于一切身外之物，乃至于这尘世的生命。如此才可明白，佛教何以把布施列为"六度"之首，即从迷惑的此岸渡向觉悟的彼岸的第一座桥梁。俗众借布施积善图报，寺庙靠布施敛财致富，实在是小和尚念歪了老祖宗的经。我始终把佛教看作古今中外最透彻的人生哲学，对它后来不伦不类的演变很不以为然。佛教主张"无我"，既然"我"不存在，也就不存在"我的"这回事了。无物属于自己，连自己也不属于自己，何况财物。明乎此理，人还会有什么得失之患呢？

当然，佛教毕竟是一种太悲观的哲学，不宜提倡。

我们在社会上尽可以积极进取，但是，内心深处一定要为自己保留一份超脱。有了这一份超脱，我们就能更加从容地品尝人生的各种滋味，其中也包括失去的滋味。

　　由丢车引发这么多议论，可见还不是太不在乎。如果有人嘲笑我阿Q精神，我乐意承认。试想，对于人生中种种不可避免的失去，小至破财，大至死亡，没有一点阿Q精神行吗？由社会的眼光看，盗窃是一种不义，我们理应与之做力所能及的斗争，而不该摆出一副哲人的姿态容忍姑息。可是，倘若社会上有更多的人了悟人生根本道理，世风是否会好一些呢？那么，这也许正是我对不义所做的一种力所能及的斗争吧。

超脱的胸怀

世上种种纷争，或是为了财富，或是为了教义，不外乎利益之争和观念之争。我们身在其中时，不免很看重。但是，不妨用鲁滨孙的眼光来看一看它们，就会发现，我们真正需要的物质产品和真正值得我们坚持的精神原则都是十分有限的，在单纯的生活中包含着人生的真谛。

人世间的争夺，往往集中在物质财富的追求上。物质的东西，多一些自然好，少一些也没什么，能保证基本生存就行。对精神财富的追求，人与人之间不存在冲突，一个人的富有绝不会导致另一个人的贫困。

由此可见，人世间的东西，有一半是不值得争的，另一半是不需要争的。所以，争什么！

一样东西，如果你太想要，就会把它看得很大，甚至大到成了整个世界，占据了你的全部心思。一个人一心争利益，或者一心创事业的时候，都会出现这种情况。我的劝告是，最后无论你是否如愿以偿，都要及时从中跳出来，如实地看清它在整个世界中的真实位置，亦即它在无限时空中的微不足道。这样，你得到了不会忘乎所以，没有得到也不会痛不欲生。

我们平时斤斤计较于事情的对错、道理的多寡、感情的厚薄，在一位天神的眼里，这种认真必定是很可笑的。

我们都在表象中生活，有什么事情是值得计较的！

用终极的眼光看，人世间的一切纷争都如此渺小，如此微不足道。当然，在现实中，纷争的解决不会这么简单。但是，倘若没有这样一种终极眼光，人类就会迷失方向，任何解决方式都只能是在错误的路上越走越远。

那人对你做了一件不义的事，你为此痛苦了，这完全可以理解，但请适可而止。你想一想，世上有不义的人，这是你无法改变的，为你不能支配的别人的品德而痛苦是不理智的。你还想一想，不义的人一定会做不义的事，只是这一件不义的事碰巧落到你头上罢了。你这样想，就会超越个人恩怨的低水平，把你的遭遇当作借以认识人性和社会的材料，在与不义做斗争时，你的心境就会光明磊落得多。

苏格拉底的雕塑手艺能考几级，康德是不是教授，歌德在魏玛公国做多大的官……如今有谁会关心这些！关心这些的人是多么可笑！对于历史上的伟人，你是不会在乎他们的职务和职称的。那么，对于你自己，你就非在乎不可吗？你不是伟人，但你因此就宁愿有一颗渺小的心吗？

在大海边，在高山上，在大自然之中，远离人寰，方知一切世俗功利的渺小，包括"文章千古事"和千秋的名声。

因为世态险恶、人心叵测，于是远离名利场，这个境界仍比较低。惦着他贤我愚，口说不争，到底还是意难平。真正的超脱，来自彻悟人生的大智慧，或净化灵魂的大信仰。

人一看重机会，就难免被机会支配。

人活在世上，不可避免会遭遇不愉快的事情，大至亲人亡故，爱侣别离，小至钱财损失，朋友反目。这类事一旦发生，不可更改，就应该用通达的态度来面对，简单地说，就是：把它接过来，然后放下。第一，要接过来，在心理上承认和接受事实。坏事已经发生，你拼命抗拒，只是和自己过不去，坏事不会因此不存在。第二，接过来之后，要尽快放下，不把它存在心上。你把它总存在心上，为它纠结和痛苦，仍然是和自己过不去，实际上是在加大坏事对你的损害。让坏事只存在于你的身外，不让它侵害到你的内心，这是最好的办法。当然，我们只能尽量这么做，做到什么程度是什么程度。

人在世间的一切遭遇都是因缘。因缘，就是若干偶然的因素凑到了一起，使你遇上了这个人、这件事。你遇上了某个异性，结婚成家，生儿育女，也是因缘。倘若琴瑟和谐，儿女姣好，那就是好因缘。好因缘不易得，你当珍惜。但是，是因缘就有变数，你心里同时要能放下。对一切好因缘都应如此，遇上了，第一要珍惜，第二要能放下，珍惜是因为它好，能放下是因为它只是因缘。

一个人只要认真思考过死亡，不管是否获得使自己满意的结果，他都好像是把人生的边界勘察了一番，看到了人生的全景和限度。如此他就会形成一种豁达的胸怀，在沉浮人世的同时也能跳出来加以审视。他固然仍有自己的追求，但不会把成功和失败看得太重要。他清楚一切幸福和苦难的相对性质，因而快乐时不会忘形、痛苦时也不致失态。

张可久写"英雄不把穷通较""他得志笑闲人，他失脚闲人笑"。一个人不妨到世界上去奋斗，做一个英雄，同时要为自己保留一个闲人的心态。以闲人的心态入世，得志和失脚都成了好玩的事，就可以"不把穷通较"了。

每个人都是一个宇宙

一

　　我的怪癖是喜欢哲学史一般不屑记载的哲学家，宁愿绕开一个个曾经显赫一时的体系的颓宫，到历史的荒村陋巷去寻找他们的足迹。爱默生就属于我颇愿结识一番的这些哲学家之列。

　　我对爱默生向往已久。在我的精神旅行图上，我早已标出那个康科德小镇的方位。尼采常常提到他。如果我所喜欢的某位朋友常常情不自禁地向我提起他所喜欢的一位朋友，我知道我也准能喜欢他的这位朋友。

　　作为美国文艺复兴的领袖和杰出的散文大师，爱默生已名垂史册。作为一名哲学家，他却似乎进不了哲学的"正史"。他是一位长于灵感而拙于体系的哲学家。他的"体系"，所谓超验主义，如今在美国恐怕也没有人认真看待了。如果我试图对他的体系做一番条分缕析的解说，就未免太迂腐了。我只想受他的灵感的启发，随手写下我的感触。超验主义死了，但爱默生的智慧永存。

二

也许没有一个哲学家不是在实际上试图建立某种体系，赋予自己最得意的思想以普遍性形式。声称反对体系的哲学家也不例外。但是，大千世界的神秘不会屈从于任何公式，没有一个体系能够万古长存。幸好真正有生命力的思想不会被体系的废墟掩埋，一旦除去体系的虚饰，它们反而以更加纯粹的面貌出现在天空下，显示出它们与阳光、土地、生命的坚实联系，在我们心中唤起亲切的回响。

爱默生相信，人心与宇宙之间有着对应关系，所以每个人凭内心体验就可以认识自然和历史的真理。这就是他的超验主义，有点像主张"吾心即宇宙""心即理""致良知"的宋明理学。人心与宇宙之间究竟有没有对应关系，这是永远无法在理论上证实或驳倒的。一种形而上学不过是一种信仰，其作用只是用来支持一种人生态度和价值立场。我宁可直接面对这种人生态度和价值立场，而不去追究它背后的形而上学信仰。于是我看到，爱默生想要表达的是他对人性完美发展的可能性的期望和信心，他的哲学是一首洋溢着乐观主义精神的个性解放的赞美诗。

但爱默生的人道主义不是欧洲文艺复兴的单纯回声。他生活在19世纪，和同时代少数几个伟大思想家一样，他也是揭露现代资本主义社会异化现象的先知先觉者。每个人都是一个宇宙，但在现实中成了碎片。"社会是这样一种状态，每一个人都像是从身上锯下来的一段肢体，昂然地走来走去，许多怪物——一个好手指，一个颈项，一个胃，一个肘弯，但是从来不是一个人。"我想起了马克思在1884年的手稿中对人的异化的分析。我也想起了尼采的话："我的目光从今天望到过去，发现比比皆是：碎片、断肢和可怕的偶然——可是没有人！"他们的理论归宿截然不同，但都同样热烈怀抱着人性全面发展的理想。往往有这种情况：同一种激情驱使人们从事理论探索，结果却找到了不同的理论，甚至彼此成为思想上的敌人。但是，真的是敌人吗？

三

　　每个人都是一个宇宙，每个人的天性中都蕴藏着大自然赋予的创造力。把这个观点运用到读书上，爱默生提倡一种"创造性的阅读"。这就是：把自己的生活当作正文，把书籍当作注解；听别人发言是为了使自己能说话；以一颗活跃的灵魂，为获得灵感而读书。

　　几乎一切创造欲强烈的思想家都对书籍怀着本能的警惕。蒙田曾谈到"文殇"，即因读书过多而被文字之斧砍伤，丧失了创造力。叔本华把读书太滥比作将自己的头脑变成别人思想的跑马场。爱默生也说："我宁愿从来没有看见过一本书，而不愿意被它的吸力扭曲过来，把我完全拉到我的轨道外面，使我成为一颗卫星，而不是一个宇宙。"

　　许多人热心地请教读书方法，可是如何读书其实是取决于整个人生态度的。开卷有益，也可能有害。过去的天才可以成为自己天宇上的繁星，也可以成为压抑自己的偶像。爱默生俏皮地写道："温顺的青年人在图书馆里长大，他们相信他们的责任是应当接受西塞罗、洛克、培根的意见；他们忘了西塞罗、洛克与培根写这些书的时候，也不过是图书馆里的青年人。"我要加上一句：幸好那时图书馆的藏书比现在少得多，否则他们也许成不了西塞罗、洛克、培根了。

　　好的书籍是朋友，但也仅仅是朋友。与好友会晤是快事，但必须自己有话可说，才能真正快乐。一个愚钝的人，再智慧的朋友对他也是毫无用处的，他坐在一群才华横溢的朋友中间，不过是一具木偶、一个讽刺、一种折磨。每人都是一个神，然后才有奥林匹斯神界的欢聚。

　　我们读一本书，读到精彩处，往往情不自禁地要喊出声来：这是我的思想，这正是我想说的，被他偷去了！有时候真是难以分清，哪些是作者的本意，哪些是自己的混入和添加。沉睡的感受唤醒了，失落的记忆找回了，朦胧的思绪清晰了。其余一切，只是死的"知识"，也就是说，只是外在于灵魂有机生长过程的无机物。

　　我曾经计算过，尽我有生之年，每天读一本书，连我自己的藏书也读不完。何况还不断购进新书，何况还有图书馆里难计其数的书。这真有点令人绝望。可是，写作冲动一上来，就全忘了这一切。爱默生说得漂亮："当一个人能够直接阅读上帝的时候，那时间太宝贵了，不能够浪费在别人阅读后的抄本上。"只要自己有旺盛的创作欲，无暇读别人写的书也许是一种幸运呢。

四

有两种自信：一种是人格上的独立自主，藐视世俗的舆论和功利；一种是理智上的狂妄自大，永远自以为是，自我感觉好极了。我赞赏前一种自信，对后一种自信则总是抱以几分不信任。

人在世上，总要有所依托，否则会空虚无聊。有两样东西似乎是公认的人生支柱，在讲究实际的人那里叫职业和家庭，在注重精神的人那里叫事业和爱情。食色，性也，职业和家庭是社会认可的满足人的两大欲望的手段，当然不能说它们庸俗。然而，职业可能不称心，家庭可能不美满，欲望是满足了，但付出了无穷烦恼的代价。至于事业的成功和爱情的幸福，尽管令人向往之至，却更是没有把握的事情。而且，有些精神太敏感的人，即使得到了这两样东西，也还是不能摆脱空虚之感。

所以，人必须有人格上的独立自主。诚然你不能脱离社会和他人生活，但你不能一味攀缘在社会建筑物和他人身上。你要自己在生命的土壤中扎根，你要在人生的大海上抛下自己的锚。一个人如果把自己仅仅依附于身外的事物，即使是极其美好的事物，顺利时也许看不出他的内在空虚，缺乏根基，一旦起了风浪，例如社会动乱、事业挫折、亲人亡故、失恋等，就会一蹶不振乃至精神崩溃。正如爱默生所说："然而事实是：他早已是一只漂流着的破船，后来起的这一阵风不过向他自己暴露出他流浪的状态。"

爱默生写有长文热情歌颂爱情的魅力，但我更喜欢他的这首诗：

为爱牺牲一切，

服从你的心；

朋友，亲戚，时日，

名誉，财产，

计划，信用与灵感，

什么都能放弃。

为爱离弃一切；

　　然而，你听我说：

　　你需要保留今天，

　　明天，你整个的未来，

　　让它们绝对自由，

　　不要被你的爱人占领。

　　如果你心爱的姑娘另有所欢，你还她自由。

　　你应当知道

　　半人半神走了，神就来了。

　世事的无常使得古来许多贤哲主张退隐自守，清静无为，无动于衷。我厌恶这种哲学。我喜欢看见人们生气勃勃地创办事业，如痴如醉地堕入情网，痛快淋漓地享受生命。但是，不要忘记了最主要的事情：你仍然属于你自己。每个人都是一个宇宙，每个人都应该有一个自足的精神世界。这是一个安全的场所，其中珍藏着你最珍贵的宝物，任何灾祸都不能侵犯它。心灵是一本奇特的账簿，只有收入，没有支出，人生的一切痛苦和欢乐，都化作宝贵的体验记入它的收入栏中。是的，连痛苦也是一种收入。人仿佛有了两个自我，一个自我到世界上去奋斗，去追求，也许凯旋，也许败归，另一个自我便含着宁静的微笑，把这遍体汗水和血迹的哭着笑着的自我迎回家来，把丰厚的战利品指给他看，连败归者也有一份。

爱默生赞赏儿童身上那种不怕没饭吃、说话做事从不半点随人的王公贵族派头。一到成年，人就注重别人的观感，得失之患多了。我想，一个人在精神上真正成熟之后，又会返璞归真，重获一颗自足的童心。他消化了社会的成规习见，把它们扬弃了。

五

还有一点余兴，也一并写下。有句成语叫大智若愚。人类精神的这种逆反形式很值得研究一番。我还可以举出大善若恶、大悲若喜、大信若疑、大严肃若轻浮。在爱默生的书里，我也找到了若干印证。

悲剧是深刻的，领悟悲剧也须有深刻的心灵。"性情浅薄的人遇到不幸，他的感情仅只是演说式的做作。"然而这不是悲剧。人生的险难关头最能检验一个人的灵魂深浅。有的人一生接连遭到不幸，却未尝体验过真正的悲剧情感。相反，表面上一帆风顺的人也可能经历巨大的内心悲剧。一切高贵的情感都羞于表白，一切深刻的体验都拙于言辞。大悲者会以笑谑嘲弄命运，以欢容掩饰哀伤。丑角也许比英雄更知人生的辛酸。爱默生举了一个例子：正当喜剧演员卡里尼使整个那不勒斯城的人都笑断肚肠的时候，有一个病人去找城里的一个医生，治疗他致命的忧郁症。医生劝他到戏院去看卡里尼的演出，他回答："我就是卡里尼。"

与此相类似，最高的严肃往往貌似玩世不恭。古希腊人就已经明白这个道理。爱默生引用普鲁塔克的话说："研究哲理而外表不像研究哲理，在嬉笑中做成别人严肃认真地做的事，这是最高的智慧。"正经不是严肃，就像教条不是真理一样。真理用不着板起面孔来增添它的权威。在那些一本正经的人中间，你几乎找不到一个严肃思考过人生的人。不，他们思考的多半不是人生，而是权力，不是真理，而是利益。真正严肃思考过人生的人知道生命和理性的限度，他能自嘲，肯宽容，愿意用一个玩笑替受窘的对手解围，给正经的论敌一个教训。他以诙谐的口吻谈说真理，仿佛故意要减弱他的发现的重要性，以便只让它进入真正知音的耳朵。

尤其是在信仰崩溃的时代，那些佯癫装疯的狂人倒是一些太严肃地对待其信仰的人。鲁迅深知此中之理，说嵇康、阮籍表面上毁坏礼教，实则是太相信礼教，因为不满意当权者利用和亵渎礼教，才以反礼教的过激行为发泄内心愤懑。其实，在任何信仰体制之下，多数人并非真有信仰，只是做出相信的样子罢了。于是过分认真的人就起而论究是非，阐释信仰之真谛，结果被视为异端。殉道者多半死于同志之手而非敌人之手。所以，爱默生说，伟大的、有信仰的人永远被视为异教徒，终于被迫以一连串怀疑论来表现他的信念。怀疑论实在是过于认真看待信仰或知识的结果了。苏格拉底为了弄明智慧的实质，遍访雅典城里号称有智慧的人，结果发现他们只是在那里盲目自信，其实并无智慧。到头来他认为自己仍然不知智慧为何物，说出了那句著名的话："我知道我一无所知。"哲学史上的怀疑论者大抵都是太认真地要追究人类认识的可靠性，结果反而疑团丛生。

与命运结伴而行

就命运是一种神秘的外在力量而言，人不能支配命运，只能支配自己对命运的态度。一个人愈是能够支配自己对于命运的态度，命运对于他的支配力量就愈小。

命运是不可改变的，可改变的只是我们对命运的态度。

塞涅卡说：愿意的人，命运领着走；不愿意的人，命运拖着走。他忽略了第三种情况：和命运结伴而行。

狂妄的人自称命运的主人，谦卑的人甘为命运的奴隶。除此之外还有一种人，他照看命运，但不强求，接受命运，但不卑怯。走运时，他会揶揄自己的好运。倒运时，他又会调侃自己的厄运。他不低估命运的力量，也不高估命运的价值。他只是做命运的朋友罢了。

"愿意的人，命运领着走。不愿意的人，命运拖着走。"太简单了吧？活生生的人总是被领着也被拖着，抗争着但终于不得不屈服。

在命运问题上，人有多大自由？三种情况：（1）因果关系之网上个人完全不可支配的那个部分，无自由可言，听天命；（2）因果关系之网上个人在一定程度上可支配的部分，个人的努力也参与因果关系并使之发生某种改变，有一定自由，尽人力；（3）对命运即一切已然和将然的事件的态度，有完全的自由。

昔日的同学走出校门，各奔东西，若干年后重逢，便会发现彼此在做着很不同的事，在名利场上的沉浮也相差很大。可是，只要仔细一想，你会进一步发现，各人所走的道路大抵有线索可寻，符合各自的人格类型和性格逻辑，说得上各得其所。

上帝借种种偶然性之手分配人们的命运，除开特殊的天灾人祸之外，它的分配基本上是公平的。

偶然性是上帝的心血来潮，它可能是灵感喷发，也可能只是一个恶作剧，可能是神来之笔，也可能只是一个笔误。因此，在人生中，偶然性便成了一个既诱人又恼人的东西。我们无法预测会有哪一种偶然性落到自己头上，所能做到的仅是——如果得到的是神来之笔，就不要辜负了它；如果得到的是笔误，就精心地修改它，使它看起来像是另一种神来之笔，如同有的画家把偶然落到画布上的污斑修改成整幅画的点睛之笔那样。当然，在实际生活中，修改上帝的笔误绝非一件如此轻松的事情，有的人为此付出了毕生的努力，而这努力本身便展现为辉煌的人生历程。

"祸兮福所倚，福兮祸所伏。"老子如是说。

既然祸福如此无常，不可预测，我们就应该与这外在的命运保持一段距离，做到某种程度的不动心，走运时不得意忘形，背运时也不失魂落魄。也就是说，在宏观上持一种被动、超脱、顺其自然的态度。

既然祸福如此微妙，互相包含，在每一具体场合，我们又非无可作为。我们至少可以做到，在幸运时警惕和防备潜伏在幸福背后的灾祸，在遭灾时等待和争取依傍在灾祸身上的转机。也就是说，在微观上持一种主动、认真、事在人为的态度。

在设计一个完美的人生方案时，人们不妨海阔天空地遐想。可是，倘若你是一个智者，你就会知道，最美妙的好运也不该排除苦难，最耀眼的绚烂也要归于平淡。原来，完美是以不完美为材料的，圆满是必须包含缺憾的。最后你发现，上帝为每个人设计的方案无须更改，重要的是能够体悟其中的意蕴。

自怨是最痛苦的。有直接的自怨，因为自知做错了事，违背了自己的心愿或原则，便生自己的气，甚至看不起自己。也有间接的自怨，怨天尤人归根结底也是自怨，怨自己无能或运气不好。不错，你碰上了倒霉事，可是你自己就因此成为一个倒霉蛋了吗？如果你怨气冲天，那你的确是的。但你还可以有另一种态度，就是平静地面对。是否碰上倒霉事，这是你支配不了的，做不做倒霉蛋，这是你可以支配的。一个自爱自尊的人是不会怨天尤人的，没有人能够真正伤害他自足的心。

人在世上生活，难免会遭遇挫折、失败、灾祸、苦难。这时候，基本的智慧是确立这样一种态度，就是把一切非自己所能改变的遭遇，不论多么悲惨，都当作命运接受下来，在此前提下走出一条最积极的路来。不要去想从前的好日子，那已经不属于你，你现在的使命是在新的规定下把日子过好。这就好比命运之手搅了你的棋局，而你仍必须把残局走下去，那就好好走吧，把它走出新的条理来。为什么我说是基本的智慧呢？因为你别无选择，陷在负面遭遇中不能自拔是最愚蠢的，而人在这种时候往往容易愚蠢。

无人能完全支配自己在世间的遭遇，其中充满着偶然性，因为偶然性的不同，运气分出好坏。有的人运气特别好，有的人运气特别坏，大多数人则介于中间，不太好也不太坏。谁都不愿意运气特别坏，但是，运气特别好，太容易地得到了想要的一切，是否就一定好？恐怕未必。他们得到的东西是看得见的，但也许因此失去了虽然看不见却更宝贵的东西。天下幸运儿大抵浅薄，便是证明。我所说的幸运儿与成功者是两回事。真正的成功者必定经历过苦难、挫折和逆境，绝不是只靠运气好。

运气好与幸福也是两回事。一个人唯有经历过磨难，对人生有了深刻的体验，灵魂才会变得丰富，而这正是幸福最重要的源泉。如此看来，我们一生中既有运气好的时候，也有运气坏的时候，这恰恰是最利于幸福的情形。现实中的幸福，应是幸运与不幸按适当比例的结合。

沉默的价值 —————第三章—————

沉默有一种特别的力量，当一切喧嚣静息下来后，它仍然在工作着，
穿透可见或不可见的间隔，直达人心的最深处。

在沉默中面对

两位未曾晤面的朋友远道而来，因为读过我的论人生的书，要与我聊一聊人生。他们自己谈得很热烈，可是我几乎一言不发，想必让他们失望了。我不是不愿说，确实是不知道该说什么、怎么说。应约谈论人生始终是一件使我狼狈的事。

最真实最切己的人生感悟是找不到言辞的。对于人生最重大的问题，我们每个人都只能在沉默中独自面对。我们可以一般地谈论爱情、孤独、幸福、苦难、死亡等，但是，倘若这些字眼确有意义，那属于每个人自己的真正的意义始终在话语之外。我无法告诉别人我的爱情有多温柔，我的孤独有多绝望，我的幸福有多美丽，我的苦难有多沉重，我的死亡有多荒谬。我只能把这一切藏在心中。我所说出写出的东西只是思考的产物，而一切思考在某种意义上都是一种逃避，从最个别的逃向最一般的，从命运逃向生活，从沉默的深渊逃向语言的岸。如果说它们尚未沦为纯粹的空洞观念，那也只是因为它们是从沉默中挣扎出来的，身上还散发着深渊里不可名状的事物的气息。

有的时候，我会忽然觉得一切观念、话语、文字都变得异常疏远和陌生，惶然不知它们为何物，一向信以为真的东西失去了根据，于是陷入可怕的迷茫之中。包括读我自己过去所写的文字时，我也常常会有这种感觉。这使我几乎丧失了再动笔的兴致和勇气，而我也确实很久没有认真地动笔了。之所以又拿起笔，实在是因为别无更好的办法，使我得以哪怕用一种极不可靠的方式保存沉默的收获，同时也摆脱沉默的压力。

我不否认人与人之间沟通的可能，但我确信前提是沉默而不是言辞。梅特林克说得好：沉默的性质揭示了一个人灵魂的性质。在不能共享沉默的两个人之间，任何言辞都无法使他们的灵魂发生沟通。对未曾在沉默中面对过相同问题的人来说，再深刻的哲理也只是一些套话。事实上，那些浅薄的读者的确分不清深刻的感悟和空洞的感叹、格言和套话、哲理和老生常谈、平淡和平庸、佛性和故弄玄虚的禅机，而且更经常地把鱼目当作珍珠，搜集了一堆破烂。一个人对言辞理解的深度取决于他对沉默理解的深度，归根结底取决于他的沉默亦即他的灵魂的深度。所以，在我看来，凡有志于探究人生真理的人，首要的功夫便是沉默，在沉默中面对他的灵魂中真正属于自己的重大问题。到他有了足够的孕育并因此感到不堪重负时，一切语言之门便向他打开了。这时，他不但理解了有限的言辞，而且理解了言辞背后沉默着的无限的存在。

倾听沉默

真正打动人的感情总是朴实无华的，它不出声，不张扬，埋得很深。沉默有一种特别的力量，当一切喧嚣静息下来后，它仍然在工作着，穿透可见或不可见的间隔，直达人心的最深处。

沉默是语言之母，一切原创的、伟大的语言皆孕育于沉默。但语言自身又会繁殖语言，与沉默所隔的世代越来越久远，其品质也越来越蜕化。

还有比一切语言更伟大的真理，沉默把它们留给了自己。

我们的内心经历往往是沉默的。讲自己不是一件随时随地可以进行的容易的事，它需要某种境遇和情绪的触发，一生难得有几回。

那些喜欢讲自己的人多半是在讲自己所扮演的角色。

另一方面呢，我们无论讲什么，也总是在曲折地讲自己。

在社交场合，我轻易不谈人生。只要一听到那些空洞的感叹，我就立即闭口。越是严肃的思想、深沉的情感，就越是难于诉诸语言。大音希声。这里甚至有一种神圣的羞怯，使得一个人难于启齿说出自己最隐秘的思绪，因为它是在默默中受孕的，从来不为人所知，于是展示它便像要当众展示私生子一样难堪。

语言是存在的家，沉默是语言的家。饶舌者扼杀沉默，败坏语言，犯下了双重罪过。

话语是一种权力——这个时髦的命题使得那些爱说话的人欣喜若狂，他们越发爱说话了，在说话时还摆出了一副大权在握的架势。

我的趣味正相反。我的一贯信念是：沉默比话语更接近本质，美比权力更有价值。在这样的对比中，你们应该察觉到我提出了一个相反的命题：沉默是一种美。

自己对自己说话的需要，谁在说？谁在听？有时候是灵魂在说，上帝在听；有时候是上帝在说，灵魂在听。自己对自己说话——这是灵魂与上帝之间的交流，在此场合之外，既没有灵魂，也没有上帝。

如果生活只是对他人说话和听他人说话，神圣性就荡然无存。

所以，我怀疑现代哲学中一切时髦的对话理论，更不必说现代媒体上一切时髦的对话表演了。

沉默就是不说，但不说的原因有种种，例如：因为不让说而不说，那是顺从或者愤懑；因为不敢说而不说，那是畏怯或者怨恨；因为不便说而不说，那是礼貌或者虚伪；因为不该说而不说，那是审慎或者世故；因为不必说而不说，那是默契或者隔膜；因为不屑说而不说，那是骄傲或者超脱。这些都还不是与语言相对立的意义上的沉默，因为心中已经有了话，有了语言，只是不说出来罢了。倘若是因为不可说而不说，那至深之物不能浮现为语言，那至高之物不能下降为语言，或许便是所谓存在的沉默了吧。

沉默是一口井，这井里可能藏着珠宝，也可能一无所有。

节省语言

　　富者的健谈与贫者的饶舌不可同日而语。但是，言谈太多，对于创造总是不利的。时时有发泄，就削弱了能量的积聚。创造者必有酝酿中的沉默，这倒不是有意为之，而是不得不然，犹如孕妇不肯将未足月的胎儿娩出示人。当然，富者的沉默与贫者的枯索也不可同日而语，犹如同为停经，可以是孕妇，也可以是不孕症患者。

　　希腊哲人大多讨厌饶舌之徒。泰勒斯说："多言不表明有才智。"开伦说："不要让你的舌头超出你的思想。"斯多葛派的芝诺说："我们之所以有两只耳朵而只有一张嘴，是为了让我们多听少说。"一个青年向他滔滔不绝，他打断说："你的耳朵掉下来变成舌头了。"

每当遇到一个夸夸其谈的人，我就不禁想起芝诺的讽刺。世上的确有一种人，嘴是身上最发达的器官，无论走到哪里，几乎就只带着这一种器官，全部生活由说话和吃饭两件事构成。

多听当然不是什么都听，还须善听。对思想者来说，听只是思的一种方式。他听书中的先哲之言，听自己的灵魂，听天籁，听无忌的童言。

少言是思想者的道德，唯有少言才能多思。舌头超出思想，超出的部分只能是废话。如果你珍惜自己的思想，在表达的时候必定也会慎用语言，以求准确有力，让最少的话包含最多的内容。

我不会说也说不出那些行话、套话，在正式场合发言就难免怯场，所以怕参加一切必须发言的会议。可是，别人往往误以为我是太骄傲或太谦虚。

我害怕说平庸的话，这种心理使我缄口。当我被迫说话时，我说出的往往的确是平庸的话。唯有在我自己感到非说不可的时候，我才能说出有价值的话。

他们围桌而坐，发言踊跃。总是有人在发言，没有冷场的时候，其余人也在交头接耳。那两位彼此谈得多么热烈，一边还打着手势，时而严肃地皱眉，时而露齿大笑。我注视着那张不停开合着的嘴巴，诧异地想："他们怎么会有那么多话可讲？"

对于人生的痛苦，我只是自己想，自己写，偶尔心血来潮，也会和一二知己说，但多半是用玩笑的口吻。

有些人喜欢在庄严的会场上、在大庭广众中一本正经地宣说和讨论人生的痛苦，以至于泣不成声，哭成一团。在我看来，这是多少有点滑稽的。

老是听别人发表同样的见解和感叹，我会感到乏味。不过我知道，在别人眼里我也许更乏味，他们从我这里甚至连见解和感叹也听不到，我不愿重复，又拿不出新的，于是只把沉默给他们。与人共享沉默未免太古怪，所以，我躲了起来……

他们因为我的所谓的成功，便邀我参加各种名目的讨论。可是，我之所以成为今日之我，正是因为我从来不参加什么讨论。

　　健谈者往往耐不得寂寞，因为他需要听众。寡言者也需要听众，但这听众多半是他自己，所以他比较安于独处。

　　平时我受不了爱讲废话的人，可是，在某些社交场合，我把这样的人视为救星。他一开口，我就可以心安理得地保持缄默，不必为自己不善于应酬而惶恐不安了。

　　讨论什么呢？我从来都觉得，根本问题是不可讨论的，枝节问题又是不必讨论的。

　　人得的病只有两种，一种是不必治的，一种是治不好的。

　　人们争论的问题也只有两种，一种是用不着争的，一种是争不清楚的。

　　多数会议可以归入两种情况，不是对一个简单的问题发表许多复杂的议论，就是对一件复杂的事情做出一个简单的决定。

　　善讲演的人有三个特点，而我都缺乏。一是记忆力，名言佳例能够信手拈来，而我连自己写的东西也记不住。二是自信心，觉得自己是个人物，老生常谈也能说得绘声绘色，而我连深思熟虑的东西说起来也没有信心。三是表现欲，一面对听众就来情绪，而我一上台就心慌。

所以，我想我还是应该少做讲演。最合理的次序是，读书和思考第一，写作第二，讲演第三，把读和思的精华写到书里，把书里的精华讲给人听，岂不皆大欢喜。

"沉默学"导言

一个爱唠叨的理发师给马其顿王理发，问他喜欢什么发型，马其顿王答道："沉默型。"

我很喜欢这个故事。我素来怕听人唠叨，尤其是有学问的唠叨。遇见那些满腹才学关不住的大才子，我就不禁想起这位理发师来，并且很想效法马其顿王告诉他们，我最喜欢的学问是"沉默学"。

无论在会议上，还是闲谈中，听人神采飞扬地发表老生常谈，激情满怀地叙说妇孺皆知，我就惊诧不已。我简直还有点嫉妒：这位先生（往往是先生）的自我感觉何以这样好呢？据说，讲演术的第一秘诀是自信，一自信，自然就口若悬河滔滔不绝了。可是，自信总应该以自知为基础吧？不对，我还是太迂了。毋宁说，天下的自信多半是盲目的。唯其盲目，才拥有那一份化腐朽为神奇的自信，敢于以创始人的口吻宣说陈词滥调，以发明家的身份公布道听途说。

可惜的是，我始终无法拥有这样的自信。话未出口，自己就怀疑起它的价值了，于是嗫嚅欲止，字不成句，更谈何出口成章。对我来说，谎言重复十遍未必成为真理，真理重复十遍（无须十遍）就肯定成为废话。人在世，说废话本属难免，因为创新总是极稀少的。能够把废话说得漂亮，岂不也是一种才能？若不准说废话，人世就会沉寂如坟墓。我知道自己的挑剔和敏感实在有悖常理，无奈改不掉，只好不改。不但不改，还要把它合理化，于自卑中求另一种自信。

好在这方面不乏贤哲之言，足可供我自勉。古希腊最早的哲人泰勒斯就说过："多言不表明有才智。"人有两只耳朵，只有一张嘴，一位古罗马哲人从中揣摩出了造物主的意图：让我们多听少说。孔子主张"君子欲讷于言而敏于行"，这是众所周知的了。明末清初的李笠翁也认为：智者拙于言谈，善谈者罕是智者。当然，沉默寡言未必是智慧的征兆，世上有的是故作深沉者或天性木讷者，我也难逃此嫌。但是，我确信其反命题是成立的：夸夸其谈者必无智慧。

曾经读到一则幽默小品，大意是某人参加会议，一言不发。事后，一位评论家对他说："如果你蠢，你做得很聪明；如果你聪明，你做得很蠢。"当时我觉得这话说得很机智，意思也是明白的：蠢人因沉默而未暴露其蠢，所以聪明；聪明人因沉默而未表现其聪明，所以蠢。仔细琢磨，发现不然。聪明人必须表现自己的聪明吗？聪明人非说话不可吗？聪明人一定有话可说吗？再也没有比听聪明人在无话可说时偏要连篇累牍地说聪明的废话更让我厌烦的了，在我眼中，此时他不但做得很蠢，而且他本人也成了天下最蠢的一个家伙。如果我自己身不由己地被置于一种无话可说却又必须说话的场合，那真是天大的灾难，老天饶了我吧！

公平地说，那种仅仅出于表现欲而夸夸其谈的人毕竟还不失为天真。今日之聪明人已经不满足于这无利可图的虚荣，他们要大张旗鼓地推销自己，力求卖个好价钱。于是，我们接连看到，靠着传播媒介的起哄，平庸诗人发出摘取诺贝尔奖的豪言，俗不可耐的小说跃居畅销书目的榜首，尚未开拍的电视剧先声夺人闹得天下沸沸扬扬。在这一片叫卖声中，我常常想起甘地的话："沉默是信奉真理者的精神训练之一。"我还想起吉辛的话："人世一天天愈来愈吵闹，我不愿在增长着的喧嚣中加上一份，单凭我的沉默，我也向一切人奉献了一种好处。"这两位圣者都是羞于言谈的人，看来绝

非偶然。当然，沉默者未免寂寞，那又有什么？说到底，一切伟大
的诞生都是在沉默中孕育的。

　　种种热闹一时的吹嘘和喝彩，终是虚声浮名。懂得沉默的价值
的人却有一双善于倾听沉默的耳朵，如同纪伯伦所说，他们"听见
了寂静的唱诗班唱着世纪的歌，吟咏着空间的诗，解释着永恒的秘
密"。一个听懂了千古历史和万有存在的沉默的话语的人，自己一
定也是更懂得怎样说话的。

　　世有声学、语言学、音韵学、广告学、大众传播学、公共关系
学等，唯独没有沉默学。这就对了，沉默怎么能教呢？所以，仅存
此"导言"一篇，"正论"则理所当然地将永远付之阙如了。

沉默的价值

让我们学会倾听沉默——

因为在万象喧嚣的背后，在一切语言消失之处，隐藏着世界的秘密。倾听沉默，就是倾听永恒之歌。

因为我们最真实的自我是沉默的，人与人之间真正的沟通是超越语言的。倾听沉默，就是倾听灵魂之歌。

世界无边无际，有声的世界只是其中很小一部分。只听见语言不会倾听沉默的人，是被声音堵住了耳朵的聋子。

当少男少女由两小无猜的嬉笑转入羞怯的沉默时，最初的爱情来临了。

当诗人由热情奔放的高歌转入忧郁的沉默时，真正的灵感来临了。沉默是神的来临的永恒仪式。

世上一切重大的事情，包括阴谋与爱情、诞生与死亡，都是在沉默中孕育的。

在家庭中，夫妇吵嘴并不可怕，倘若相对无言，你就要留心了。

在社会上，风潮迭起并不可怕，倘若万马齐喑，你就要留心了。

艾略特说，世界并非在惊天动地的"砰"的一声中，而是在几乎听不见的"咻"的一声中完结的。末日的来临往往悄无声息。死神喜欢蹑行，当我们听见它的脚步声时，我们甚至来不及停住唇上的生命之歌，就和它打了照面。

当然，真正伟大的作品和伟大的诞生也是在沉默中酝酿的。广告造就不了文豪。哪个自爱并且爱孩子的母亲会在分娩前频频向新闻界展示她的大肚子呢？

在两性亲昵中，从温言细语到甜言蜜语到花言巧语，语言愈夸张，爱情愈稀薄。达到了顶点，便会发生一个转折，双方恶言相向，爱变成了恨。

真实的感情往往找不到语言，真正的两心契合也不需要语言，此谓之默契。

人生中最美好的时刻都是"此时无声胜有声"的，不独爱情如此。

在最深重的苦难中，没有呻吟，没有哭泣。沉默是绝望者最后的尊严。

在最可怕的屈辱中，没有诅咒，没有叹息。沉默是复仇者最高的轻蔑。

智者的沉默是一个很深的泉源，从中汲出的语言之水也许很少，但滴滴晶莹，必含有很浓的智慧。

相反，平庸者的夸夸其谈则如排泄受堵的阴沟，滔滔不绝，遍地泛滥，只是污染了环境。

救世和自救

　　精神生活的普遍平庸化是我们时代的一个明显事实。这个事实是如此明显，以至于一个人并不需要有多么敏锐的心灵，就可以感受到了。其主要表现是：一、信仰生活的失落。人生缺乏一个精神目标，既无传统的支持，又无理想的引导。尤其可悲的是，人们甚至丧失了对信仰问题起码的认真态度，对之施以哄笑，以无信仰自夸。二、情感生活的缩减。畸形都市化堵塞了人与自然的交感，功利意识扩张导致人与人之间真情淡薄。情感体验失去个性和实质，蜕化为可模仿的雷同的流行歌词和礼品卡语言。三、文化生活的粗鄙。诉诸官能的大众消费文化泛滥，诉诸心灵的严肃文化陷入困境。娱乐性传播媒介冒充文化主流，绝无文化素养的记者和明星冒充文化主角，几有席卷天下之势。

毫无疑问，对于这种平庸化现象，凡注重精神生活的人都是持否定和批判的态度的。不过，其中又有区别。据我观察，可分为两大类。

一类人具有强烈的社会责任感，以拯救天下为己任，他们的反应又因性情和观念的差异而有区别。大抵而论，宗教和道德型的人主要表现为愤怒，视这个世道为末世，对之发出正义的谴责乃至神圣的诅咒，欲以此警醒世人，寻回盛世，或者——审判世人，以先知的口吻预言某种末日审判。理智型的人主要表现为忧虑，视这个世道为乱世，试图规划出某种救世方案，以重建精神生活的秩序，恢复或营造他们心目中的治世。相当一批人文学者正在为此殚精竭虑，摇唇鼓舌。不论愤怒还是忧虑，救世是共同的立场，所以我把两者归作一个类别。

另一类人是比较个人化的知识分子，相对而言，他们没有太直接的用世抱负，而是更加关注自己独立的精神探索和文化创造活动。他们对于作为一种社会现实的精神平庸化过程同样反感，但似乎不像前一类人那样有切肤之痛，如坐针毡，为之寝食不安。由于他们更多地生活在一个相当稳固的属于自己的精神世界里，因而在一定程度上隔膜于或超脱于他们所反感的那种外部变化。他们的反应主要不是愤怒或忧虑，更多地表现为一种近乎宽容的淡漠和蔑视。属于这一类的大抵是一些真正迷于艺术的艺术家，真正迷于学术的学者，以及执着于人生和人类根本问题之思索的哲人智者。在这样的人看来，末世论或乱世论似乎都有些危言耸听，这个世道和别的世道没有本质的不同，不过是一个俗世罢了。时代变迁，俗的表现形式相异，或官或商，无精神性则为一。所以，他们始终与俗世保持距离，而把精神上的独立追求和自我完善视为人生在世的安身立命之本。在此意义上，他们的立场可归结为自救。

当然，上述划分只是相对的，毕竟可能有一些人性和社会性皆很强的知识分子，在他们身上，自救和救世的立场会发生重叠。我无意在这两种立场之间评优劣，以我之见，真诚的救世者和自救者都是宝贵的，我们缺乏有感召力的传道士和启蒙思想家，一如缺乏埋头于自己园地的耕耘者。不过，就目前而言，说句老实话，我实在听厌了各种名目的文化讨论，从这些热闹中只听出了一种浮躁和空洞。无论是标榜为"新国学"的复古主张，还是以"后现代"名义装饰现状的学术拼贴，事实上都没有提出切实的救世良策，很可能只是成全了个人的一种功利欲望。至于种种关于"文化失落""人文精神失落"的喟叹，透出的多是一种焦躁不安的心态。在这种情况下，我宁愿为自救的立场做一辩护，尽管真正的自救者是不需要任何理论上的辩护的。

一个人立志从事精神探索和文化创造的事业，应该是出于自身最内在的精神需要。他在精神生活的范围内几乎一定有很重大的困惑，所以对他来说，不管世道如何，他都非自救不可，唯自救才有生路。可是，在精神生活与世俗的功利生活之间，他的价值取向是明确而坚定的，不会有任何实质性的困惑。张三不耐贫困，弃文经商，成了大款，李四文人无行，媚俗哗众，成了大腕，这一切与他何干？他自己是在做着他今生今世最想做、不能不做的一件事，只要环境还允许（事实上允许）他做下去，何失落之有？立足于自救的人，他面对外部世界时的心态是平静的。那些面对浮躁世态而自己心态也失衡的人，他们也许救世心切也心诚，但同时我又很怀疑他们自己内心缺乏精神生活的牢固根基，要不何至于如此惶惶不安。

在当今时代，最容易产生失落感的或许是一些有着强烈的精英意识和济世雄心的知识分子。他们想做民众的思想领袖和精神导师，可是商业化大潮把他们冲刷到了社会的边缘地带，抛掷在一个尴尬的位置上。他们是很难自甘寂寞的，因为他们恰好需要一个轰轰烈烈的舞台才能发挥作用。我不认为知识分子应该脱离社会实践，但是，我觉得在中国的知识分子中，精英或想当精英的人太多，而智者太少了。我所说的智者是指那样一种知识分子，他们与时代潮流保持着一定的距离，并不看重事功，而是始终不渝地思考着人类精神生活的基本问题，关注着人类精神生活的基本走向。他们在寂寞中守护圣杯，使之不被汹涌的世俗潮流淹没。我相信，这样的人的存在本身就会对社会进程发生有益的制衡作用。智者是不会有失落感的。领袖无民众不成其领袖，导师无弟子不成其导师，可是，对智者来说，只要他守护着人类最基本的精神价值，即使天下无一人听他，他仍然是一个智者。

我确实相信，至少在精神生活领域内，自救是更为切实的救世之道。当今之世不像是一个能诞生新救主和新信仰的时代，但这并不妨碍每一个热爱精神文化事业的人在属于自己的领域里从事独立的探索和创造。这样的人多了，时代的精神文化水准自然会提高。遗憾的是，我们拥有许多不甘寂寞的信仰呼唤者、精神呐喊者和文化讨论者，少的是宗教、哲学、艺术上的真信徒甚至真虚无主义者。透彻地说，真正精神性的东西是完全独立于时代的，它的根子要深邃得多，根植于人类与大地的某种永恒关系中。唯有从这个根源中才能生长出天才和精神杰作，他（它）们不属于时代，而时代将跟随他（它）们。当然，一个人是不是天才，能否创造出精神杰作，这是无把握的，其实也是不重要的。重要的是不失去与这个永恒源泉的联系，如果这样，他就一定会怀有与罗曼·罗兰同样的信念："这里无所谓精神的死亡或新生，因为它的光明从未消失，它只是熄隐了又在别处重新闪耀而已。"

于是他就不会在任何世道下悲观失望了，因为他知道，人类精神生活作为一个整体从未也绝不会中断，而在他看来似乎孤独的精神旅程便属于这个整体，没有任何力量能使之泯灭。

在黑暗中
并肩行走

—————— 第四章 ——————

人与人的相遇，是人生的基本境遇。
相遇是一种缘。爱情、亲情、友情，
人生中最重要的相遇，
多么偶然，又多么珍贵。

相遇是一种缘

人与人的相遇，是人生的基本境遇。爱情，一对男女原本素不相识，忽然生死相依，成了一家人，这是相遇。亲情，一个生命投胎到一个人家，把一对男女认作父母，这是相遇。友情，两个独立灵魂之间的共鸣和相知，这是相遇。

相遇是一种缘。爱情、亲情、友情，人生中最重要的相遇，多么偶然，又多么珍贵。

在这世界上，谁和谁的相遇不是偶然的呢？分歧在于对偶然的评价。在茫茫人海里，两个个体相遇的概率只是千千万万分之一，而这两个个体终于极其偶然地相遇了。我们是应该因此而珍惜这个相遇呢，还是因此而轻视它？假如偶然是应该蔑视的，则首先要遭到蔑视的是生命本身，因为在宇宙永恒的生成变化中，每一个生命诞生的概率几乎等于零。然而，倘若一个偶然诞生的生命竟能成就不朽的功业，岂不更证明了这个生命的伟大？同样，世上并无命定的情缘，凡缘皆属偶然，好的情缘的魔力岂不恰恰在于最偶然的相遇却唤起了最深刻的命运之感？

每一个人都是一个多么普通又多么独特的生命，原本无名无姓，却到底可歌可泣。我、你、每一个生命都是那么偶然地来到这个世界上，完全可能不降生，却毕竟降生了，然后又将必然地离去。想一想世界在时间和空间上的无限，每一个生命的诞生的偶然，怎能不感到一个生命与另一个生命的相遇是一种奇迹呢？有时我甚至觉得，两个生命在世上同时存在过，哪怕永不相遇，其中也仍然有一种令人感动的因缘。我相信，对于生命的这种珍惜和体悟是一切人间之爱至深的源泉。

浩渺宇宙间，任何一个生灵的降生都是偶然的，离去却是必然的；一个生灵与另一个生灵的相遇总是千载一瞬，分别却是万劫不复。说到底，谁和谁不同是这空空世界里的天涯沦落人？

　　以大爱之心珍惜人生中一切美好的相遇，珍惜已经得到的爱情、亲情和友情，在每一个小爱中实现大爱的境界。

　　你说你爱你的妻子，可是，如果你不是把她当作一个独一无二的生命来爱，那么你的爱还是比较有限。你爱她的美丽、温柔、贤惠、聪明，当然都对，但这些品质在别的女人身上也能找到。唯独她的生命，作为一个生命体的她，却是在普天下的女人身上无法重组或再生的，一旦失去，便是不可挽回地失去了。

　　世上什么都能重复，恋爱可以再谈，配偶可以另择，身份可以炮制，钱财可以重挣，甚至历史也可以重演，唯独生命不能。

　　当我们的亲人远行或故世之后，我们会不由自主地百般追念他们的好处，悔恨自己的疏忽和过错。然而，事实上，即使尚未生离死别，我们所爱的人何尝不是在时时刻刻离我们而去呢？

　　在平凡的日常生活中，你已经习惯了和你所爱的人的相处，仿佛日子会这样无限延续下去。忽然有一天，你心头一惊，想起时光在飞快流逝，正无可挽回地把你、你所爱的人以及你们共同拥有的一切带走。于是，你心中升起一股柔情，想要保护你的爱人免遭时光劫掠。你还深切感到，平凡生活中这些最简单的幸福是多么宝贵，有着稍纵即逝的惊人的美……

凡正常人，都兼有疼人和被人疼两种需要。在相爱者之间，如果这两种需要不能同时在对方身上获得满足，感情便潜伏着危机。那惯常被疼的一方最好不要以为，你遇到了一个只想疼人不想被人疼的纯粹父亲型的男人或纯粹母亲型的女人。在这茫茫宇宙间，有谁不是想要人疼的孤儿？

夫妇之间，亲子之间，情太深了，怕的不是死，而是永不再聚的失散，以至于真希望有来世或者天国。佛教说诸法因缘生，教导我们看破无常，不要执着。可是，千世万世只能成就一次的佳缘，不管是遇合的，还是修来的，叫人怎么看得破。

茫茫宇宙中，两个生命相遇和结合，然后又有新的生命来投胎，若干生命相伴了漫长岁月，在茫茫宇宙中却只是一瞬间。此中的缘和情、喜和悲，真令人不胜唏嘘。

父母和孩子的联系，在生物的意义上是血缘，在宗教的意义上是灵魂的约会。在超越时空的那个世界里，这一个男人、这一个女人、这一个孩子原本都是灵魂，无所谓夫妻和亲子，却仿佛一直在相互寻找，相约来到这个时空的世界，在一个短暂的时间里组成了一个亲密的家，然后又将必不可免地彼此失散。每念及此，我心中就充满敬畏、感动和忧伤，倍感亲情的珍贵。

在黑暗中并肩行走

　　人们常常说，人与人之间，尤其相爱的人之间，应该互相了解和理解，最好做到彼此透明，心心相印。史怀泽却在《我的青少年时代》中说，这是不可能的，即使可能，任何人也无权对别人提出这种要求。"不仅存在着肉体上的羞耻，而且还存在着精神上的羞耻，我们应该尊重它。心灵也有其外衣，我们不应脱掉它。"如同对于上帝的神秘一样，对于他人灵魂的神秘，我们同样不能像看一本属于自己的书那样去阅读和认识，而只能给予爱和信任。每个人对别人来说都是一个秘密，我们应该顺应这个事实。相爱的人们也只是"在黑暗中并肩行走"，所能做到的仅是各自努力追求心中的光明，并互相感受到这种努力，互相鼓励，而"不需要注视别人的脸和探视别人的心灵"。

读着这些无比精彩的议论，我无言而折服，它们使我瞥见了史怀泽的"敬畏生命"伦理学的深度。凡是有着深刻而丰富的内心生活的人，必然会深知一切精神事物的神秘性并对之充满敬畏之情，史怀泽就是这样的一个人。在他看来，一切生命现象都是世界某种神秘的精神本质的显现，由此他提出了敬畏一切生命的主张。在一切生命现象中，尤以人的心灵生活最接近世界的这种精神实质。因而，他认为对敬畏世界之神秘本质的人来说，"敬畏他人的精神实质"是不言而喻的事情。

以互相理解为人际关系的鹄的，其根源就在于不懂得人的心灵生活的神秘性。按照这一思路，人们一方面非常看重别人是否理解自己，甚至公开索取理解。至少在性爱中，索取理解似乎成了一种最正当的行为，而指责对方不理解自己则成了最严厉的谴责，有时候还被用作破裂前的最后通牒。另一方面，人们又非常踊跃地要求理解别人，甚至以此名义强迫别人袒露内心的一切，一旦遭到拒绝，便斥以缺乏信任。在爱情中，在亲情中，在其他较亲密的交往中，这种因强求理解和被理解而造成的有声或无声的战争，我们见得还少吗？可是，仔细想想，我们对自己又真正理解了多少？一个人懂得了自己理解自己之困难，他就不会强求别人完全理解自己，也不会奢望自己完全理解别人了。

　　我们在黑暗中并肩而行，走在各自的朝圣路上，无法知道是否在走向同一个圣地，因为我们无法向别人甚至向自己说清心中的圣地究竟是怎样的。然而，同样的朝圣热情使我们相信，也许存在着同一个圣地。作为有灵魂的存在物，人的伟大和悲壮尽在于此了。

嫉妒的权利

一

　　在性爱中，嫉妒是常见的现象，俗称吃醋。醋坛子打翻，那酸溜溜的滋味很难用语言表达，人们往往也羞于用语言表达。表达出来时，嫉妒总是化装成别的东西，例如愤怒、骄傲或冷漠。可以公开表示仇恨，却不能公开表示嫉妒。在人类的一切情感中，嫉妒似乎是最见不得人的一种。

　　人们讴歌爱情，耻笑嫉妒。这两种情感本来宛如一对孪生姐妹，彼此有着不解之缘，却受到完全相反的评价，这未免有些不合逻辑。其实，被笼统地称作嫉妒的这种情感是很复杂的，包含着不同的因素，而它们并不都是负面的。

　　人为什么会吃醋？大体而论，是因为爱。爱，所以就在乎，就把爱人是否也爱自己看得很重要，对爱人感情上的些微变化十分敏感。吃醋未必要有事实的根据，热恋中的人常常会捕风捉影，无端猜疑。这样的吃醋，只要控制在一定程度内，不但无害，反倒构成了爱情中的喜剧性因素，我们不妨把它看作一种特殊的调情。事实上，一点醋不吃的人不解爱情滋味，一点醋味不带的爱情平淡无味。当然，如果不加控制，嫉妒就会成为一种巨大的破坏力量，每每酿成悲剧。

　　也有不是从爱出发的嫉妒，这种情形突出地表现在那些无爱或者爱情业已死亡的婚姻中。爱情不存在了，为什么还要嫉妒呢？可能有三种原因。一是在传统观念支配下，因所有权受到侵犯而愤怒。二是在虚荣心支配下，因"面子"受损害而感到屈辱。三是在报复心的支配下，因对方可能获得的幸福而不平。当一个人因为爱而嫉妒时，在他的嫉妒中，这些因素也可能以较弱的程度混杂着。在我看来，这样的嫉妒或嫉妒中的这些因素的确是阴暗的，应该被否定的。而凡是真正由爱导致的嫉妒，则多少有其存在的理由。最执着的爱往往会导致最强烈的嫉妒，即使疯狂如奥赛罗，也有一种悲剧性的美。不过，我对之只能欣赏，却不赞成，因为他的行为不符合我的民主观念。

二

按照我的理解，婚姻中的民主所要反对的是把爱情变成占有，但它并不排斥嫉妒的权利。嫉妒本身不是专制，因为嫉妒而伤害人身才是专制。

随着民主观念的演进，曾经有不少激进之士主张一种开放的婚姻，在这种婚姻中，嫉妒不复有容身之地。例如，西方"婚姻革命"的提倡者罗素认为：爱是一种积极的光明的感情，嫉妒是一种消极的阴暗的本能，因此，开明的夫妇应当自觉地压制各自的嫉妒本能，以便给自己也给对方以婚外性爱的充分自由和广阔天地。在他看来，这种婚内外多样化的性爱关系无损于由最真挚的爱情所缔结的婚姻，两者完全可以并行不悖。相反，因为婚姻而拒绝来自别的异性的一切爱情，则意味着减少感受性、同情心以及与有价值的人接触的机会，摧残人生中最美好的东西。

我对罗素的见解曾经深以为然，但是观察和经历使我产生了怀疑。据我所见，凡是发生过婚外恋或婚外性关系的家庭，不论受伤害的一方多么开通豁达，如何显示大度宽容，那阴影总是潜伏了下来。其结果是，或早或迟，其中相当多的家庭（如果不是大部分的话）终难免破裂的命运。在这过程中，悄悄起着破坏作用的阴影正是嫉妒。

是那受伤害的一方缺乏足够的教养，压制嫉妒的努力不够真诚吗？可是，罗素自己够绅士也够真诚了吧，结果怎么样呢？众所周知，他一生中多次结婚和离婚。当然，这未必能证明他的理论是错误的，就像不能证明相反的婚姻理论是正确的一样，因禁锢而遭失败的婚姻比比皆是，其绝对数量远超过开放的婚姻。然而，当罗素和他同样主张性开放而痛斥嫉妒之非的第二任妻子布莱克离婚的消息传来时，林语堂不无理由地推测，很可能是嫉妒在其中起了最重要的作用。

正如罗素的传记作者艾伦·伍德所说：压制嫉妒的行为容易，压制嫉妒的情感难。他以嘲讽的口吻指出，罗素主张对配偶的风流韵事处之泰然，这个主张貌似激进，实则保守，是出于一种贵族信念：流露出嫉妒情感是不体面的。

可不是吗？当你发现妻子或丈夫不忠时，你妒火中烧，但你立刻想到你是一个文明人，你深谙人性的弱点，你甚至不认为这是弱点，而是开明婚姻的权利和优点，你劝说自己予以宽容，绝不为此报复，甚至绝不为此争吵。你成功了，并且从中获得了一种满足，因为你的行为维护了你做人的尊严，表明你是一个胸怀开阔的人。可是，殊不知，你的成功仅是表面的、暂时的，嫉妒的情感并非因此消解了，它只是被压抑到了潜意识之中。后来，当你自己也不忠时，连你自己也分不清你到底是在实践开明的婚姻理论，还是隐藏着的嫉妒情感在作祟和寻求报复。

三

我承认世上并无命定的姻缘，即使两人真正因为相爱而结合了，他们各自与别的异性之间仍然存在着发生亲密关系的各种可能性。是否应该为了既有的婚姻扼杀这些可能性呢？对此需要做具体分析。

一种情况是婚外的性关系。如果把做爱看作单纯的生理行为，专一的爱情和美满的婚姻的确都并不排斥多元的性关系，一个人跟情人或配偶之外的异性上床仍能获得快感。但是，问题在于，做爱不只是生理行为。做爱时两个肉体在极乐中的互相敞开、拥有和融合，是男女之爱最自然、最直接的表达方式。这就使你的爱人有权表示疑虑：如果你的婚外性伴侣是相当固定的，你如何证明你们之间的做爱不具有上述性质？如果你的性生活不拘对象，非常随便，你如何证明你与爱人的做爱仍具有上述性质？在两种情形下，既有的婚姻都受到了质疑，对它的信心都发生了动摇。也许你的婚外性遭遇的确只是一般的风流韵事，那么，在我看来，为之冒损害一个好姻缘的风险是不值得的。

如果不是风流韵事，而是真正的爱情，又怎么样呢？既然不存在命定姻缘，就完全可以假定，在现有的爱人之外还有许多别的异性，她（他）们对于我同样也合适，甚至更合适，我只是暂时没有遇上她（他）们罢了。暂时没有，不等于永远不会，相爱者难道不应该压制各自的嫉妒，给也许更佳的机遇敞开大门吗？撇开亲情、家庭责任等非爱情的因素，仅从爱情考虑，旧的较逊色的爱情给新的更好的爱情让路似乎是理所当然的。不期而遇，欲躲不能，也许只好让路。但是，我相信，在任何情况下都不该敞开大门。在心态上，在做法上，被迫让路和主动敞开大门都是两回事。敞开大门，意味着主动去寻找新的机遇、新的爱情。可是，相爱者对他们之间爱情的信心原是爱情的一个必要内涵，而敞开大门的心态和做法本身就剥夺了这个必要内涵，在此心态和做法的支配下，不但已有的爱情，而

且任何新得到的爱情，都永远处于朝不保夕、风雨飘摇之中。敞开
大门的结果，进来的往往不是新的更好的爱情，而是一大堆风流韵事，
这些不速之客顺便也把已有的爱情这个合法主人挤出了门。事实上，
在爱情上得陇望蜀的人的确不是爱情信徒，而往往是些风月领袖。

那么，有没有例外呢？据说萨特和波伏瓦的关系是一个例外。
他们一辈子相爱，建立了一种虽不结婚却至死不渝的伴侣关系。基
于对彼此爱情的信心，他们在年轻时就约定，每人在对方之外不但
允许，而且应该有别的情人，并且互不隐瞒这方面的情况。区别于
他们之间的"必然的爱情"，他们把这种关系称作"偶然的爱情"。
他们的确这样做了，每人在一生中不止一次地陷入了有时是相当热
烈持久的恋爱中。但是，他们真的不嫉妒吗？事实上，如果不是因
为波伏瓦出于嫉妒的阻止，萨特差点就和他的一个情人结婚了。波
伏瓦则异常费力地维持着她和萨特以及她的美国情人阿尔格朗之间
的三角关系，一面为了萨特不得不拒绝阿尔格朗的结婚要求，一面
信誓旦旦地向阿尔格朗宣布自己事实上是他的"真正的妻子"。至
于阿尔格朗，简直就是被嫉妒折磨死的，在向记者表示了他对波伏
瓦所谓"偶然的爱情"的愤怒后的当天夜里，便死于心脏病发作。
他说得对："只以偶然的方式爱人，等于过一种偶然的生活。"我

不能断言萨特和波伏瓦的试验毫无价值，但可以肯定一点：凡多元的性爱关系，有关各方都不可能真正摆脱嫉妒，而且爱得愈真实热烈者就愈是受嫉妒的折磨，因为"全或无"原是真正的爱情的信条，多元是违背其本性的。如此看来，萨特和波伏瓦在多元性爱格局中仍能终身保持他们稳定的伴侣关系，可以算是一个例外甚至一个奇迹了。不过，他们始终是分居的，而且有材料说，他们之间很早就没有性生活了。如果此说属实，把他们的关系说成性爱就未免勉强了，不如说是友谊，哪怕是非常动人的友谊。

四

　　我的结论是：在真正以爱情为基础的两性结合中，从爱出发的嫉妒不是消极的，而是积极的，不是阴暗的，而是光明的。它怀着对既有婚爱的珍惜之心，像一个卫士一样守卫着爱的果实，以警戒风流韵事和新的爱情冒险的侵害。

　　美满幸福的婚爱总是凝聚着也鼓舞着一个人对人生的信心，对人性的自豪，乃至对神圣的感悟。当这样的婚爱遭到打击时，嫉妒的痛苦常常还包含着、至少伴随着这些美好感情碎裂所产生的疼痛。

就此而论，嫉妒更有其值得尊重的光明正大的权利。

所以，罗素的立论应该颠倒过来：对真挚相爱的人来说，与其为了婚外的性爱自由而压制各自的嫉妒，不如为了他们真挚的爱情以及必然伴随的嫉妒而压制婚外的性爱自由。鉴于世上真正幸福的婚姻如此稀少，已经得此幸福的男女应该明白：一个男人能够使一个女人幸福，一个女人能够使一个男人幸福，就算功德无量了，根本不存在能够同时使许多个异性幸福的超级男人或超级女人。

当然，和别的事物一样，嫉妒也仅在一定界限内有其权利。当爱情存在时，嫉妒这个卫士不妨为爱情站岗放哨，履行职责。此时它也应心明眼亮，不可向假想敌胡乱开枪，错杀无辜。一旦爱情不复存在，它就应当有尊严地撤除岗哨，完全不必也不该为不存在的东西拼个你死我活了。

本质的男人

　　我不善谈男人，正因为我是男人。男人的兴趣和注意力总是放在女人身上的。男人不由自主地把女人当作一个性别来评价，他从某个女人那里吃了甜头或苦头，就会迅速上升到抽象的层面，说女性多么可爱或多么可恶。相反，如果他欣赏或者痛恨某个男人，他往往能够个别地对待，一般不会因此对男性这一性别下论断。

　　男人谈男人还有一种尴尬。如果他赞美男人，当然有自诩之嫌。如果他攻击男人呢，嫌疑就更大了，难道他不会是通过攻击除他之外的一切男人来抬高自己，并且向女人献媚邀宠吗？

　　所以，我知道自己是在做一件吃力不讨好的事情。为了对付这个难题，我不得不耍一点苏格拉底式的小手腕，间接地来接近目标。

男人是什么，或者应该是什么？如果直接问这个问题，也许不易回答。可是，我常常听见人们这样议论他们看不起的男人："某某真不像一个男人！"可见人们对于男人应该怎样是有一个概念的，而问题的答案也就在其中了。什么样的男人会遭人如此小瞧呢？一般有这样一些特点，例如窝囊、怯懦、琐碎。一个窝囊的男人，活在世上一事无成；一个怯懦的男人，面对危难惊慌失措；一个琐碎的男人，眼中净是鸡毛蒜皮。在所有这些情况下，无论男人女人见了都会觉得他真不像一个男人。

现在答案清楚了。看来，男人应该不窝囊，有奋斗的精神和自立的能力；不怯懦，有坚强的意志和临危不惧的勇气；不琐碎，有开阔的胸怀和眼光。进取、坚毅、大度，这才像一个男人。无论男人女人都会同意这个结论。女人愿意嫁这样的男人，因为这样的男人能够承担责任，靠得住，让她心里踏实；男人愿意和这样的男人来往，因为和这样的男人打交道比较痛快，不婆婆妈妈。

我是否同意这个结论呢？当然同意。我也认为，男人身上应该有一种力量，这种力量使他能够承受人生的压力和挑战，坚定地站立在世界上属于他的那个位置上。人生的本质绝非享乐，而是苦难，是要在无情宇宙的一个小小角落里奏响生命的凯歌。就此而言，男人身上的这种力量正是人生的本质所要求男人的。因此，我把这种力量看作与人生的本质相对应的男人的本质，而把拥有这种力量的男人称作本质的男人。当我们接触这样的男人时，我们确实会感到接触到了某种本质的东西，不虚不假，实实在在。女人当然也可以是很有力量的，但是，相对而言，我们并不要求女人一定如此。不妨说，女人更加具有现象的特征，善于给人生营造一种美丽、轻松、快乐的外表。我不认为这样说是对女人的贬低，如果人生的本质直露无遗，而不是展现为丰富多彩的现象，人生未免太可怕也太单调了。

最后我要补充一点：看一个男人是否有力量，不能只看外在的表现。真正的力量是不张扬的。有与世无争的进取、内在的坚毅、质朴无华的大度。同样，也有外强中干的成功人士、色厉内荏的呼风唤雨之辈、锱铢必较的慈善家。不过，鉴别并非难事，只要不被虚荣蒙蔽眼睛，很少有女人会上那种虚张声势的男人的当。

伴侣之情

在两性之间，发生肉体关系是容易的，发生爱情便很难，而最难的便是使一个好婚姻经受住岁月的考验。

喜新厌旧乃人之常情，但人情还有更深邃的一面，便是恋故怀旧。一个人不可能永远年轻，终有一天他会发现，人生最值得珍惜的是那种历尽沧桑、始终不渝的伴侣之情。在持久和谐的婚姻生活中，两个人的生命已经你中有我、我中有你、血肉相连一般地生长在一起了。共同拥有的无数细小珍贵的回忆犹如一份无价之宝，一份仅仅属于他们两人无法转让给他人也无法传之子孙的奇特财产。说到底，你和谁共有这一份财产，你也就和谁共有了今生今世的命运。与之相比，最浪漫的风流韵事也只成了过眼云烟。

人的心是世上最矛盾的东西，它有时很野，想到处飞，但它最平凡、最深邃的需要是一个憩息地，那就是另一颗心。倘若你终于找到了这另一颗心，当知珍惜，切勿伤害它。历尽人间沧桑，阅遍各色理论，我发现自己到头来信奉的仍是古典的爱情范式：真正的爱情必是忠贞专一的。惦着一个人并且被这个人惦着，心便有了着落，这样活着多么踏实。与这种相依为命的伴侣之情相比，一切风流韵事都显得何其虚飘。

大千世界里，许多浪漫之情产生了，又消失了。可是，其中有一些幸运地活了下来，成熟了，变成了无比踏实的亲情。好的婚姻使爱情走向成熟，而成熟的爱情是更有分量的。当我们把一个异性唤作恋人时，是我们的激情在呼唤；当我们把一个异性唤作亲人时，却是我们的全部人生经历在呼唤。

初恋的感情最单纯也最强烈，但同时也最缺乏内涵，几乎一切初恋都是十分相像的。因此，尽管人们难以忘怀自己的初恋经历，却又往往发现可供回忆的东西很少。

我相信成熟的爱情是更有价值的，因为它是根据全部人生经历做出的选择。

爱情不风流，它是两性之间最严肃的一件事。风流韵事频繁之处，往往没有爱情。爱情也未必浪漫，浪漫只是爱情的早期形态。在浪漫结束之后，一段爱情是随之结束，还是推进为亲密持久的伴侣之情，最能见出这段爱情的质量高低。

一个人活在世界上，一定要有相爱的伴侣、和睦的家庭、知心的朋友，一定要和自己的家人一起吃晚饭，餐桌上一定要有欢声笑语，这比有钱、有车、有房重要得多。钱再多，车再名贵，房再豪华，没有这些，就只是一个悲惨的孤魂野鬼。相反，穷一点，但有这些，就是在过一个活人的正常生活。

每当看见老年夫妻互相搀扶着，沿着街道缓缓地走来，我就禁不住感动。他们的能力已经很微弱，不足以给别人帮助。他们的魅力也已经很微弱，不足以吸引别人帮助他们。于是，他们就用衰老的手臂互相搀扶着，彼此提供一点尽管太少但极其需要的帮助。

年轻人结伴走向生活，最多是志同道合。老年人结伴走向死亡，才真正是相依为命。

点与面

一

　　那家豪华餐馆里正在举办一个婚礼，这个婚礼与你有某种关系。你并没有参加这个婚礼，你甚至不知道婚礼会举办和已经举办。你的不知道本身就具有一种意义，这意义是每个受到邀请的客人都心里明白又讳莫如深的，于是他们频频举杯向新郎新娘庆贺。

　　岁末的这个夜晚，你独自坐在远离市区的一间屋子里，清醒地意识到你的生活出现了空前的断裂。你并不孤寂，新的爱情花朵在你的秋天里温柔地开放。然而，无论花朵多么美丽，断裂依然存在。人们可以清除瓦砾，在废墟上建造新的乐园，却无法使死者复活，也无法禁止死者在地下歌哭。

是死去的往事在地下歌哭。真正孤寂的是往事，那些曾经共有的往事，而现在它们被无可挽回地遗弃了。它们的存在原本就缘于共同享有，一旦无人共享，它们甚至不再属于你。你当然可以对你以后的爱人谈论它们，而在最好的情形下，她也许会宽容地倾听并且表示理解，却抹不去嘴角的一丝嘲讽。谁都知道，不管它们过去多么活泼可爱，今天终归已成一群没人要的弃儿，因为曾有的辉煌而更加忍辱含垢，只配躲在人迹罕至的荒野里自生自灭。

你太缺少随遇而安的天赋，所以你就成了一个没有家园的人。你在漂流中逐渐明白，所谓共享往事只是你的一种幻觉。人们也许可以共享当下的日子和幻想中的未来，却无法共享往事。如果你确实有过往事，那么，它们仅仅属于你，是你的生命的作品。当你这么想时，你觉得你重获了对自己的完整历史的信心。

二

一个男人抱着一个婴儿坐在街沿上，身前身后是飞驰的车轮和行人匆忙的脚步。没有人知道那个婴儿患有绝症，而那个父亲正在为此悲伤。即使有人知道，最多也只会在他们身旁停留片刻，投去怜悯的一瞥，然后又匆匆地赶路，很快忘记了这一幕小小的悲剧。如果你是行人，你也会这样的。有什么办法呢？生活太琐碎了，我们甚至不能在自己的一个不幸上长久集中注意力，更何况陌生人的一个不幸。

可是，你偏偏不是行人，而就是那个父亲。

即使如此，你又能怎样呢？你用柔和的目光抚爱着孩子的脸庞，悄声对她说话。孩子很聪明，开始应答，用小手抓摸你，喊你爸爸，并且出声地笑了。尽管你没有忘记那个必然到来的结局，你也笑了。有一天孩子会发病，会哭，会经受临终的折磨，那时候你也会与她同哭。然后，孩子死了，而你仍然活着。你无法知道孩子死后你还能活多久，活着时还会遭遇什么，但你知道你也会死去。如果这就是生活，你又能怎样呢？

在这个世界上，幸福和苦难都是平凡的，它们本身不是奇迹，也创造不出奇迹。是的，甚至苦难也不能创造出奇迹。后来那个可怜的孩子死了，她只活了一岁半，你相信她在你的心中已经永恒，你的确常常想起她和梦见她，但更多的时候你好像从来没有像她那样地生活着。随着岁月流逝，她的小小的身影越来越淡薄，有时你真的怀疑你是否有过她了。事实上，你完全可能没有过她，没有过那一段充满幸福和苦难的日子，而你现在的生活并不会因此就有什么不同。也许正是类似的体验使年轻的加缪写下了这样的句子："每当我似乎感受到世界的深刻意义时，正是它的简单令我震惊。"

三

那个时候，你还不曾结婚，当然也不曾离婚，不曾有过做父亲然后又不做父亲的经历。你甚至没有谈过恋爱，没有看见过女人的裸体。尽管你已经大学毕业，你却单纯得令我吃惊。走出校门，你到了南方深山的一个小县，成为县里的一个小干部。和县里其他小干部一样，你也常常下乡，跋涉在崎岖的山路上。

有一天，你正独自走在山路上，天下着大雨，路滑溜溜的，你深一脚浅一脚地走着。远远看去，你头戴斗笠、身披塑料薄膜（就是罩在水稻秧田上的那种塑料薄膜）的身影很像一个农民。你刚从公社开会回来，要回到你蹲点的那个生产队去。在公社办公室里，你一边听着县里和公社的头头们布置工作，一边随手翻看近些天的报纸。你的目光在一幅照片上停住了。那是当时报纸上常见的那种党和国家领导人接见外宾的照片，而你竟在上面发现了一个熟悉的面影，相应的文字说明证实了你的发现。她是你昔日的一个朋友，不过你们之间已经久无联系了。当你满身泥水地跋涉在滂沱山雨中时，你鲜明地感觉到你离北京已经多么遥远，离一切成功和名声从未并且将永远那么遥远。

许多年后，你回到了北京。你常常从北京出发，应邀到各地去参加你的作品的售书签名，在各地的大学讲台上发表学术讲演。在忙碌的间隙，你会突然想起那次雨中的跋涉，可是丝毫没有感受到所谓成功的喜悦。无论你今天得到了什么，以后还会得到什么，你都不能使那个在雨中跋涉的青年感到慰藉，为此你心中弥漫开一种无奈的悲伤。回过头看，你无法否认时代发生了沧桑巨变，这种变化似乎也改变了你的命运。但你立刻意识到在这里用"命运"这个词未免夸张，变换的只是场景和角色，那内在的命运却不会改变。你终于发现，你是属于深山的，在仅仅属于你的绵亘无际的空寂的深山中，你始终是那个踽踽独行的身影。

四

一辆大卡车把你们运到北京站，你们将从这里出发奔赴一个遥远的农场。列车尚未启动，几个女孩子站在窗外，正在和你的同伴话别。她们充满激情，她们的话别听起来像一种宣誓。你独自坐在列车的一个角落里，李贺的一句诗在你心中反复回响："我有迷魂招不得。"

你的行李极简单，你几乎是空着手离开北京的。你的心也空了。几天前，你烧毁了你最珍爱的东西——你的全部日记和文稿。在以后漫长的岁月里，你注定要为你生命之书不可复原的破损而不断痛哭。这是一个秘密的祭礼，祭你的那位屈死的好友。你进大学时几乎还是个孩子呢，瘦小的身体，腼腆的模样。其实他比你也大不了几岁，但当时在你眼里，他完全是个大人了。这个热情的大孩子，把你带到了世界文化宝库的门前，指引你结识了托尔斯泰、陀思妥耶夫斯基、易卜生、休谟等大师。夜深人静之时，他久久地站在昏暗的路灯下，用低沉的嗓音向你倾吐他对人生的思考、他的困惑和苦恼。从他办的一份手抄刊物中，你第一次对于自由写作有了概念。你逐渐形成了一个信念，相信人生最重要的事情不是学问和地位，而是真诚地生活和思考。可是，他为此付出的是生命的代价。

　　在等待列车启动的那个时刻，你的书包里只藏着几首悼念他的小诗。后来你越来越明白，一个人一生只能有一次这样的友谊，因为一个人只能有一次青春、一次精神上的启蒙。三十年过去了，他仍然常常在你的梦中复活和死去，令你一次次重新感到绝望。但是，这深切的怀念也使你懂得了男人之间友谊的宝贵。在以后的岁月里，你最庆幸的事情之一就是结识了若干志趣相投的朋友。尽管来自朋友的伤害使你猝不及防，惶惑和痛苦使你又退入荒野之中，你依然相信世上有纯正的友谊。

五

　　你放学回家，发现家里发生了某种异常事情。邻居们走进走出，低声议论。妈妈躺在床上，面容憔悴。弟弟悄悄告诉你，妈妈生了个死婴，是个女孩。你听见妈妈在对试图安慰她的一个邻居说，活着也是负担，还是死了好。你无法把你的悲伤告诉任何人。你还有一个比你小一岁的弟弟也夭折了，没有人知道这件事给你造成的创伤，你想象他就是你而你的确完全可能就像他一样死于襁褓中，于是你坚信自己失去了一个最知己的同伴。

　　自从那次流产后，妈妈患了严重的贫血，常常突然昏倒。你是怎样地为她担惊受怕啊，小小年纪就神经衰弱，经常通宵失眠。你躺在黑暗中颤抖不止，看见墙上伸出长满绿毛的手，看见许多戴尖帽的小矮人在你的被褥上狞笑狂舞。你拉亮电灯，大声哭喊，妈妈说你又神经错乱了。

　　妈妈站在炉子前做饭，你站在她身边，仰起小脸蛋久久地望着她。你想用你的眼神告诉她，你是多么爱她，她绝不能死。妈妈好像被你看得不好意思了，温和地呵斥你一声，你委屈地走开了。

　　一根铁丝割破了手指，看到溢出的血，你觉得你要死了，立即晕了过去。你满怀恐惧地走向一个同学的家，去参加课外小组的活动，预感到又将遭受欺负。一个女生奉命来教手工，同组的男生们恶作剧地把门锁上，不让她进来。听着一遍遍的敲门声，你心中不忍，胆怯地把门打开了，于是响起一阵哄笑，接着是体罚，他们把你按倒在地上，逼你说出她是你的什么人。你倔强地保持沉默，但在回家的路上，你流了一路眼泪。

　　我简直替自己害羞。这个敏感而脆弱的孩子是我吗？谁还能在我的身上辨认出他来呢？现在我的母亲已是八旬老人，远在家乡。
我想起我们不多的几次相聚，她也只是默默地看着我忙碌。面对已
经长大的儿子，她是否还会记起那张深情仰望着她的小脸蛋，而我
又怎样向她叙说我后来的坎坷和坚忍呢？不，我多半只是说些眼前
的琐事，仿佛它们是我们之间最重要的事情，而离别和死亡好像完
全不存在似的。原本非常亲近的人后来天各一方，时间使他们可悲
地疏远，一旦相见，语言便迫不及待地丈量这疏远的距离。人们对
此似乎已经习以为常，生活的无情莫过于此了。

<h2 style="text-align:center">六</h2>

在我的词典里，没有"世纪末"这个词。编年和日历不过是人
类自造的计算工具，我看不出其中某个数字比其余数字更具特别意
义。所以，对于人们津津乐道的所谓"世纪末"，我没有任何感想。

当然，已经结束的 20 世纪对于我是重要的，其理由不说自明。
我是在这个世纪出生的，并且迄今为止一直在其中生活。没有 20
世纪，就没有我。不过，这纯粹是一句废话。世上每一个人都出生
在某一个世纪，他也许长寿，也许短命，也许幸福，也许不幸，这

取决于别的因素，与他是否亲眼看见世纪之交完全无关。

　　我知道一些负有大使命感的人是很重视"世纪末"的，因为他们相信自己在旧的世纪有不可忽略的影响，对新的世纪有不可推卸的责任，总之新旧世纪都不能缺少他们，因此他们理应在世纪之交高瞻远瞩，点拨苍生。可是，我深知自己的渺小，对任何一个世纪都是可有可无的。所以，当别人站在世纪的高峰俯视历史之时，我只能对自己平凡的生涯做些琐碎的回忆。而且，这回忆绝非由"世纪末"触发。天道无情，人生易老，世纪的尺度对于个人未免大而无当了吧。

亲密有间 ——第五章——

个简单的道理是，两个人无论多么相爱，
仍然是两个不同的个体，不可能变成同一个人。
另一个稍微复杂一点的道理是，即使可能，
两个人变成一个人也是不可取的。

可能性的魅力

世上再动人的爱情，再美满的婚姻，也都是偶然性的产物。在茫茫人海里，两人相遇了，这相遇是靠了不知多少人力无法支配的因素凑成的，只要其中一个因素变化，你们就很可能失之交臂。而如果你没有遇到这个她（他），你一定还会遇到另一个她（他），生发出另一段也许同样美好甚至更美好的姻缘来。

那么，现在，在你们已经相遇之后，你就不会遇到另一个她（他）了吗？当然不。从理论上讲，在另一性别的广阔世界里，适合你的异性肯定不是少数，而你始终有着与她（他）们之中某一个或某一些人相遇的可能性。那么，真相遇了怎么办？

我是一个爱情至上论者，深信两性的结合唯以爱情为最高原则，当然不反对较差的爱情给新的更好的爱情让位。可是，问题在于，你怎么知道新的爱情就一定更好？那种震撼心灵的热恋如同天意，或许谁也抗拒不了，另当别论。在多数情形下，新鲜本身就构成了巨大的诱惑，但新鲜总是暂时的，到不新鲜了的时候，你怎么办？无休止地更换性伴侣诚然也是一种活法，然而，在这种活法里已经没有了爱情的位置，所以不符合我的原则。

可能性是人生魅力的重要源泉。如果因为有了爱侣，结了婚，就不再可能与别的可爱的异性相遇，人生未免太乏味了。但是，在我看来，如果你真正善于欣赏可能性的魅力，你就不会怀着一种怕错过什么的急迫心理，总是想要把可能性立即兑现为某种现实性。因为这样做的结果，你表面上似乎得到了许多，实际上却是亲手扼杀了你的人生中的一切可能性。我的意思是说，在你与一切异性的关系中，不再有产生真正的爱情的可能性，只剩下了唯一的现实性——上床。

就我自己来说，我是宁愿怀着对既有爱情的珍惜之心，而将与别的可爱异性的关系保持在友谊的水平上的。我不否认这样的友谊中有性吸引的成分，但是，让这成分含蓄地起作用，岂不别有一种情趣？男人谁没有放纵一下的欲望，我不喜欢的是那后果，包括必然会造成的对爱我的人的伤害。除去卖淫和变相的卖淫不说，我不相信一个女人和你在肉体上发生亲昵关系而在感情上毫无所求。假定一个女人爱上了一个出色的男人，而这个男人譬如说有一百个追求者，那么，她是愿意他与一百个女人都有染，从而她也能占有一份呢，还是宁愿他只爱一人，因而她只有百分之一的获胜机会呢？我相信，在这个测验题目上，绝大多数女人都会做出相同的选择。

亲密有间

　　我一直主张，相爱的人要亲密有间，不要亲密无间。即使结了婚，两个人之间仍应保持一个必要的距离。所谓必要的距离是指各人仍应是独立的个人，并把对方作为独立的个人予以尊重。

　　一个简单的道理是，两个人无论多么相爱，仍然是两个不同的个体，不可能变成同一个人。另一个稍微复杂一点的道理是，即使可能，两个人变成一个人也是不可取的。我们常常发现，在比较和谐的结合中，由于长时间的耳鬓厮磨，互相熏陶，夫妻二人的思想方式和行为方式会日益趋同，甚至长相也会变得相像。这当然不一定是坏事，可以视为婚姻稳固的表征。不过，如果你的心灵足够敏感，你就会对这种情形产生一点警惕。个人的独特是一切高质量结合的基础，差异的消失也许意味着某些重要价值在不知不觉中损失掉了。

　　家庭生活本身具有一种把两个人捆绑在一起的自然趋势，因此，要保持那个必要的距离谈何容易。我能够想出的对策是，套用政治学的术语，在家庭中也划分出一个双方一致同意的私域。也就是说，在必须共同承担的家庭责任之外，各人都拥有一个属于自己的领域，在此领域中享有个人自由，彼此不予干涉。这个私域的范围，不外乎两个方面：一是个人的精神生活，例如独处、写私人日记、发展个人爱好；一是个人的社会交往，例如交共同朋友圈子之外的朋友，包括交异性朋友。当然，个人在私域中必须遵守一般规则，政治学的这个原理在这里也是适用的。所以，诸如养小蜜、包二奶之类的自由是不能允许的，因为它们违背了婚姻的一般规则。

　　我曾设想，如果条件许可，最好是夫妻二人各有自己的住宅，居住有分有合，在约定的分居时间里互不打扰。这个办法能够有效地保证各人的自由空间。听到我的这一设想，有人表示担忧：它会不会导致家庭关系的松散乃至解体？我当即申明，我的设想有一个前提，就是婚姻的爱情基础良好，并且双方均具备自律的自觉性。然而，尽管如此，我的确不能否认可能出现的危险。问题在于，在任何情形下都不存在万无一失的办法以确保婚姻绝对安全。在一切办法中，捆绑肯定是最糟糕的一种，其结果只有两种可能：或者是成全了一个缺乏生机的平庸的婚姻，或者是一方或双方不甘平庸而使婚姻终于破裂。

其实，爱侣之间用什么方式来保持必要的距离，分寸如何掌握，都是因人而异的，不存在一个普遍适用的方案。我想强调的仅是，一定要有这个保持距离的觉悟。从根本上说，这就是互相尊重对方的独立人格的觉悟。唯有亲密有间，家庭才能既成为一个亲密生活的共同体，又成为一个个性自由发展的场所。我相信，这样的家庭是更加生机勃勃、更加令人心情舒畅的，因而在总体上也必然是更加稳固的。

夫妻间的隐私

夫妻间是否应该有个人隐私？我的看法是：应该有——应该尊重对方的隐私权；不应该有——不应该有太多事实上的隐私。

隐私是指一个人不愿意向他人公开的隐秘经历。所谓隐私权是指，只要这种经历不包含损害他人的情节，任何与此经历无关的人包括政府都无权过问，更无权强行公开。尊重隐私权意味着把一个人当作独立的人格予以尊重，在夫妻之间同样应该有这样一种文明意识和教养。当然，夫妻间的情况要微妙得多，因为夫妻间最敏感的隐私往往涉及一方与其他异性的关系，而这种关系是否构成对另一方的损害，从而赋予了另一方以过问的权利，不是很容易判断的。有一些情形可以明确地归入应受尊重的隐私的范围，例如婚前的性爱经历和婚后的异性间友谊。这些情形对于现有的婚爱不发生直接影响，因此原则上应当看作当事人的私事。并不是说你一定不能知道，但是如果你的爱人不管出于何种考虑不想告诉你，你就不应该强求知道。比较难以确定的是，如果发生了可能直接损害现有婚爱的情形，例如一方有了外遇，另一方是否还应该把这当作隐私予以尊重呢？我对此原则上持否定的回答，除非双方像萨特和波伏瓦那样订有性自由的协定，否则任何一方有权知道有关事实，以便做出自己的判断和决定。不过也有例外，例如，一方的外遇是偶然的和短暂的，并且双方都依然珍视和希望维护现有的婚爱，那么，在这种情形下，另一方最好仍把对方的这一段经历当作应予尊重的隐私，保持谅解的沉默。

　　严格意义上的隐私是指外部经历，不过我们不妨理解得宽泛一些，把内心经历也包括进去。我想借此强调的是，一个人内心生活的隐秘性在任何情况下都是应该受到尊重的，因为隐秘性是内心生活真实性的保障，从而也是它存在的保障，内心生活一旦不真实就不复是内心生活了。所以，托尔斯泰才会为了写私人日记的权利而与他的夫人苦苦斗争。有时候，一个人会有向人倾诉内心的愿望，但这种愿望的发生往往取决于特殊的情境和心境，强求不得。夫妻间最严重也最可笑的侵犯莫过于以爱情的名义，强求对方向自己敞开心灵中的一切。可以断定，凡这样做的人皆不知心灵为何物。真正称得上精神伴侣的是那样的夫妻，他们懂得个人心灵的自由空间的重要，因此譬如说，不会要求互相公开日记或其他的私人通信。不排除这样的情况：自己的配偶向别人甚至向别的异性倾诉的某种隐秘的内心经历，竟然不曾向自己倾诉过。遗憾吗？也许有一些，然而是可以理解的。其实，在总体上无须遗憾。

我承认，夫妻间有太多事实上的隐私绝非好事，它证明了疏远和隔膜。好在隐私有一个特别的性格：它愿意向尊重它的人公开。所以，在充满信任氛围的好的婚姻中，正因为夫妻间最尊重对方的隐私权，事实上的隐私往往最少。

婚姻的质量

　　无论如何，你对一个女人的爱倘若不是半途而废，就不能停留在仅仅让她做情人，还应该让她做妻子和母亲。只有这样，你才亲手把她变成了一个完整的女人，你们的爱情也才有了一个完整的过程。至于这个过程是否叫作婚姻，倒是一件次要的事情。

　　结婚是神圣的命名。是否在教堂里举行婚礼，这并不重要。苍天之下，命名永远是神圣的仪式。"妻子"的含义就是"自己的女人"，"丈夫"的含义就是"自己的男人"，对此命名当知敬畏。没有终身相爱的决心，不可妄称夫妻。有此决心，一旦结为夫妻，不可轻易伤害自己的女人和自己的男人，让这神圣的命名蒙羞。

　　《圣经》记载，上帝用亚当身上的肋骨造成一个女人，于是世上有了第一对夫妇。据说这一传说贬低了女性。可是，亚当说得明白："这是我骨中的骨，肉中的肉。"今天有多少丈夫能像亚当那样，把妻子带到上帝面前，问心无愧地说出这话呢？

在一次长途旅行中，最好是有一位称心的旅伴，次好是没有旅伴，最坏是有一个不称心的旅伴。

婚姻同样如此。夫妻恩爱，携手走人生之旅，当然是幸运的。如果做不到，独身前行，虽然孤单，却也清静，不算什么大不幸。最不幸的是，两人明明彼此厌烦，偏要朝夕相处，把一个没有爱情的婚姻维持到底。

爱情仅是感情的事，婚姻却是感情、理智、意志三方面通力合作的结果。因此，幸福的婚姻必定比幸福的爱情稀少得多。理想的夫妇关系是情人、朋友、伴侣三者合一的关系，兼有情人的热烈、朋友的宽容和伴侣的体贴。三者缺一，便有点美中不足。然而，既然世上许多婚姻竟是三者全无，你若能拥有三者之一也就应当知足了。

在婚姻中，双方感情的满足程度取决于感情较弱的那一方的感情。如果甲对乙有十分爱，乙对甲只有五分爱，则他们都只能得到五分的满足。剩下的那五分欠缺，在甲会成为一种遗憾，在乙会成为一种苦恼。

婚姻中不存在一方单独幸福的可能。必须共赢，否则就共输，这是婚姻游戏铁的法则。

在婚姻这部人间乐曲中，小争吵是必有的音符，倘若没有，我们就要赞叹它是天上的仙曲了，或者就要怀疑它是否已经临近曲终人散了。

"我们两人都变傻了。"

"这是我们婚姻美满的可靠标志。"

婚姻不是天堂

好的婚姻是人间，坏的婚姻是地狱，别想到婚姻中寻找天堂。

人终究是要生活在人间的，而人间也自有人间的乐趣，为天堂所不具有。

恋爱时闭着的眼睛，结婚使它睁开了。恋爱时披着的服饰，结婚把它脱掉了。她和他惊讶了："原来你是这样的？"接着气愤了："原来你是这样的！"而事实上的他和她，诚然比从前想象的差些，却要比现在发现的好些。

结婚是一个信号，表明两个人如胶似漆仿佛融成了一体的热恋有它的极限，然后就要降温，两人适当拉开距离，重新成为两个独立的人，携起手来走人生的路。然而，人们往往误解了这个信号，反而以为结了婚更是一体了，结果纠纷不断。

人真是什么都能习惯，甚至能习惯和一个与自己完全不同的人生活一辈子。

习惯真是有一种不可思议的力量，甚至能使夫妇两人的面容也渐渐变得相似。

正像恋爱能激发灵感一样，婚姻会磨损才智。家庭幸福是一种动物式的满足状态。要求两个人天天生活在一起，既融洽相处，又保持独特，未免太苛求了。

在多数情况下，婚姻生活是恩爱和争吵的交替，因比例不同而分为幸福与不幸。恩爱将孤独催眠，争吵又将孤独击昏，两者之间的间歇何其短暂，孤独来不及苏醒。

婚姻的后果之一是失去孤独的心境。至于是幸还是不幸，全看你内心是否有孤独的需要。

婚姻有一个最大的弊病，就是对独处造成威胁。对一个珍爱心灵生活的人来说，独处无疑是一种神圣的需要。不过，如果双方都能够领会此种需要，并且做出适当的安排，我相信是可以把婚姻对独处的威胁减低到最小限度的。

婚姻中的一个原则：不要企图改变对方。

两口子争吵，多半是因为性格的差异，比如你性子急，我性子慢，你细心，我粗心，诸如此类。吵多了，便会有怨恨，责备对方总也改不了。可是，人的性格是难变的，只能互相适应，民间的智慧称作磨合。仔细分析，比起性格差异来，要对方改变的企图是争吵更重要的原因。如果承认差异，在此基础上各方调整自己的态度，许多争吵都可以平息。

在夫妻吵架中没有胜利者，结局不是握手言和，就是两败俱伤。

把自己当作人质，通过折磨自己使对方屈服，是夫妇之间争吵经常使用的喜剧性手段。一旦这手段失灵，悲剧就要拉开帷幕了。

"看来，要使丈夫品行端正，必须家有悍妻才行。"

"那只会使丈夫在别的坏品行之外，再加上一个坏品行：撒谎。"

宽松的婚姻

一

　　关于婚姻是否违背人的天性的争论永远不会有一个结果，因为世上没有比所谓人的天性更加矛盾的东西了。每人最好对自己提出一个具体得多的问题：你更想要什么？如果是安宁，你就结婚；如果是自由，你就独身。

　　自由和安宁能否两全其美呢？有人设计了一个方案，名曰开放的婚姻。然而，婚姻无非就是给自由设置一道门栏，在实际生活中，它也许关得严，也许关不严，但好歹得有。没有这道门栏，完全开放，就不成其为婚姻了。婚姻本质上不可能承认当事人有越出门栏的自由，必然把婚外恋和婚外性关系视作犯规行为。当然，犯规未必导致婚姻破裂，但几乎肯定会破坏安宁。迄今为止，我还不曾见到哪怕一个开放的婚姻试验成功的例子。

与开放的婚姻相比，宽松的婚姻或许是一个较为可行的方案。所谓宽松，就是善于调节距离，两个人不要捆得太紧太死，以便为爱情留出自由呼吸的空间。它仅仅着眼于门槛之内的自由，其中包括独处的自由，关起门来写信写日记的自由，和异性正常交往的自由，偶尔调调情的自由，等等。至于门槛之外的自由，它很明智地保持沉默，知道这不是自己力能管辖的事情。

二

有一种观念认为，相爱的夫妇间必须绝对忠诚，对各自的行为乃至思想不得有丝毫隐瞒，否则便亵渎了纯洁的爱和神圣的婚姻。

一个人在有了足够的阅历后便会知道，这是一种多么幼稚的观念。

问题在于，即使是极深笃的爱缘，或者说，正因为是极深笃的爱缘，乃至于白头偕老，共度人生，那么，在这漫长岁月中，各人怎么可能，又怎么应该没有自己的若干小秘密呢？

爱情史上不乏忠贞的典范，但是，后人发掘的材料往往证实，在这类佳话与事实之间多半有着不小的出入。依我看，只要爱情本身是真实的，那么，即使当事人有一些不愿为人知悉甚至不愿为自己的爱人知悉的隐秘细节，也完全无损于这种真实性。我无法设想，两个富有个性的活生生的人之间天长日久的情感生活，会是一条没有任何暗流或支流、永远不起波澜的平坦河流。倘这样，那肯定不是大自然中的河流，而只是人工修筑的水渠，倒反见其不真实了。

当然，爱侣之间应该有基本的诚实和相当的透明度。但是，万事都有个限度。水至清则无鱼。苛求绝对诚实反而会酿成不信任的氛围，甚至逼出欺骗和伪善。一种健全的爱侣关系的前提是互相尊重，包括尊重对方的隐私权。这种尊重一方面基于爱和信任，另一方面基于对人性弱点的宽容。羞于追问相爱者难以启齿的小隐秘，是爱情中的自尊和教养。

也许有人会问：宽容会不会助长人性弱点的恶性发展，乃至毁坏爱的基础呢？我的回答是：凡是会被信任和宽容毁坏的，猜疑和苛求也决计挽救不了，那就让该毁掉的毁掉吧。说到底，会被信任和宽容毁坏的爱情本来就是脆弱的，相反，猜疑和苛求可能毁坏最坚固的爱情。我们冒前一种险，却避免了后一种更坏的前途，毕竟是值得的。

婚姻反思录

一

开场白

　　某君倡"宽松的婚姻"之高论，且身体力行之。他深信唯有立足于信任而非猜疑，借宽松而非禁锢，才能保证爱情在婚姻中仍有自由发展的空间，令婚姻优质而且坚固。此论确乎行之有效，他和他妻子的美满婚姻一时传为佳话。

　　忽一日，传来惊人的消息，据说他的婚姻宣告破裂，他和他的妻子已经友好分手。于是群起而攻之、嘲之、诘之，曰：事实胜于雄辩，"宽松"论业已破产矣！

某君答曰：你们拿得出一种必定成功的婚姻理论吗？

然而，长夜灯下独坐，某君仍不免暗自检讨自己的婚爱经历和观念，若有所悟。以下便是他的反思记录。

二

神圣的命名

在造出第一个人——亚当——之后，上帝所做的第一件事，就是把各种飞鸟走兽带到亚当面前，让他给它们命名。根据《旧约》的这一记载，命名便是人之为人的第一个行为，是人为自己加冕的神圣仪式，通过给世间万物命名，世界才成为人的世界。

所以，一个男人把一个女人叫作妻子，一个女人把一个男人叫作丈夫，这不仅仅是一个法律行为，而且是一个神圣行为，是在上帝面前的互相确认。唯有通过这个命名，她才成为他"自己的女人"，他也才成为她"自己的男人"。无此命名，不论他们如何相爱，终归不互相拥有。同样，他们的屋宇在他们互相命名为妻子和丈夫之前只是一个住处，唯有通过这个命名才成为"自己的家"。

不结婚而同居当然潇洒，但是，无其名必也无其实，至少缺少了那种今生今世共有一份命运的决心和休戚与共之感，那种走遍天涯海角仍然牵肠挂肚的惦念。

当然，有其名未必有其实。多少男女顶着夫妻的名义却同床异梦，并不觉得找到了今生今世真正属于自己的女人或男人。也有曾经相爱甚笃的夫妻，一方做出了负心的事，使另一方发出痛楚的呼喊："他（她）不是我自己的男人（女人）了！"

三

婚姻是难事

性遵循快乐原则，爱情遵循理想原则，婚姻遵循现实原则。这是三个不同的东西，彼此之间常常发生冲突。婚姻的困难在于，如何能在自身中把三者统一起来。

婚姻当然包含性，它是社会所公认的性满足的合法形式和主要方式。但是，作为一种纯粹的生理欲望，性欲本身又具有盲目性。

不必是配偶，不必是情侣，两个健康男女之间的做爱都能给当事人带来快乐。而且，性的快乐常常取决于双方性的癖好和习性的协调，其协调的程度未必与爱情成正比，更未必与婚姻相一致。由于长年的重复，夫妇之间的性生活还可能因为缺少新奇的刺激而减少其兴味。因此，对已婚者来说，婚外性关系始终是一种潜在的诱惑，并对婚姻构成潜在的威胁。

好的婚姻是爱情的结果，有情人结为眷属也表明了终身相爱的决心。但是，结婚意味着在一起过日子，而过日子总是很琐碎也很平凡的。把平凡的日子过得始终不乏浪漫的情趣，并非不可能，但殊为不易。何况结婚不能也不该杜绝新的邂逅，移情别恋的可能是始终存在的。

看看周围，无爱的婚姻、性冷淡的夫妇，事实上都为数不少。许多婚姻之所以能够延续，只是基于现实利益的一种妥协或无奈。那么，婚姻、爱情、性三者持久完满的统一不可能吗？我相信是可能的。前提当然是，婚姻在爱和性和谐方面本来就有较好的质量。在此前提下，也许关键在于，如何怀着对这个好婚姻的珍惜之心，来克服一般婚姻都会产生的倦怠，在婚姻之中（而不是到婚姻之外）不断更新爱情的理想和性的快乐。到婚外寻找新的刺激当然简便得多，但是，世上的捷径往往只通向事物的表面，要达到核心就必须做出持久不懈的努力。

四
珍惜便是缘

人们常把有情人终成眷属说成有缘，一旦反目离异呢，便说是缘分已尽。缘的长短，最难预料。相爱者谁不自许已经从茫茫人海中找到了自己的"另一半"，从此永结百年之好了呢？可是，世事无常，风云变幻，多少终成眷属的有情人未曾料到，有朝一日他们之间会发生感情危机，甚至渡不过难关，只好挥泪诀别。

世上婚配，形形色色，真正基于爱情的结合并不太多，因而弥足珍贵。然而，偏偏愈是基于爱情的结合，比起那些以传统伦理和实际利益为基础的婚姻来，愈有其脆弱之处。所谓"佳偶难久"，人们眼中的天作之合往往不能白头偕老，这差不多是古老而常新的故事了。究其原因，也许是人的内在的感情要比外在的规范和利益更加难以捉摸，更加不易把握，爱情是比世俗的婚姻纽带更易变的东西。以爱情为婚姻的唯一依据，在逻辑上便意味着爱情高于婚姻，因此，一方面，如果既有的爱情出现瑕疵，婚姻便成问题，另一方面，一旦新的爱情产生，婚姻便当让位。事实上，凡是在婚姻中把爱情看得比一切都重要的人，在感情问题上往往比较敏感，既容易互相挑剔，也容易动情别恋。他们爱起来惊天动地，可歌可泣，同时也风起云涌，乍喜乍悲。假如他们足够幸运，又足够成熟，因而能够足够长久地相爱，那么，他们倒也能做到情深意笃，琴瑟和谐，成就一段美满姻缘。然而，千万不要大意，潜在的危险始终存在着，真正以爱情为基础的婚姻永远不会大功告成，一劳永逸，再好的姻缘也不可能获得终身保险。

我的意思是说，我们当然不能也不该对爱情可能发生的变化严加防范，但是也大可不必为它创造条件。红尘中人，诱惑在所难免，而每个当事人对于自己所面临的究竟是不可抵御的更强烈的爱情，还是一般的风流韵事，心里大致是清楚的。我的劝告是，如果是后者，而你又很看重（不看重则另当别论）既有的婚爱，就请你三思而不要行了。这对你也许是一种损失，但你因此避免了更惨重的损失。如果是前者，我就无须说什么了，因为说了也没有用。

五
结束语

以上是某君的婚姻反思的记录。读毕这个记录，一位小姐问道："先生因一己的遭遇，便由开放一变而为保守，岂不大谬？"

某君答曰："人皆因受挫而对爱情失望，视婚姻为畏途，我独一如既往热情地为婚爱辩护，何保守之有？"

小姐问道："难道先生仍想结婚？"

某君答曰："诚然。婚姻的好坏，不可以成败论之。好婚姻也是可能失败的。我期望得到一个终于成功的好婚姻。"

小姐慨然叹道："先生真保守矣，老矣！"

某君笑而不答。

婚姻如何能长久

忽然想到，朋友中或熟人中一些当初堪称模范的婚姻，现在几乎硕果无存了。我不由得为之唏嘘，恍然觉得普天下的婚姻都处在风雨飘摇之中。婚姻如何能长久，实在是令现代人大伤脑筋的难题。当然，长久也不是什么了不起的成就。可是，长久终究是婚姻的题中应有之义。如果只是浪漫一场，不想长久，就完全没有必要结婚。结婚意味着两人不但相爱，而且决心天长地久地相爱下去，永不分离。在这意义上，婚姻就不只是一纸法律证书，更是一个神圣的誓约。

可惜的是，多么神圣的誓约也仅是愿望的表达，并不具有保证愿望实现的力量。据我观察，越是因热烈相爱而结婚的伴侣，就越容易轻信誓约，而这就隐藏着危险。一些质量较高的婚姻之所以终于破裂，原因是多方面的，其中之一恰恰是双方对于彼此感情的牢不可破过于自信。在不同性情的人身上，这种过于自信有不同的表现方式。

有一种夫妇，他们相信相爱到了这种程度，以至于在全部异性世界里，对方眼中都只有自己，不可能对任何别的异性发生好感。在这一信念支配下，各人都自觉或不自觉地克制自己对别的异性的兴趣，并且不允许对方表现出这种兴趣，争相互示忠诚并且引以为自豪。这种太封闭的结构至少会造成两个恶果。一是由于缺少新鲜的刺激和活泼的交流，使得他们的感情生活趋于僵化和枯竭。二是丧失了对于诱惑的免疫力和对于事件的承受力，外来的轻轻一击就会使绷紧的弦断裂。

还有一种夫妇，同样非常自信，但思路恰好相反。他们相信爱情坚固到了这般地步，以至于无论各人与别的异性发生怎样的交往，包括有限度的婚外恋，包括上床，都不会使他们的爱情发生实质性的动摇。他们在观念上和行为上都是具有现代性的人，愿意试验一种开放的婚姻形式，在婚姻中仍然享有充分的性自由。然而，事实证明，这类试验最后往往都以婚姻的破裂告终。

　　看来，太封闭和太开放都不利于婚姻的维护。要使婚姻长久，就应该在忠诚与自由、限制与开放之间寻找一种适当的关系。难就难在把握好这个度，我相信它是因人而异的，不存在一个统一的尺度。总的原则是亲密而有距离，开放而有节制。最好的状态是双方都以信任之心不限制对方的自由，同时又都以珍惜之心不滥用自己的自由。归根结底，婚姻是两个自由个体之间的自愿联盟，唯有在自由的基础上才能达到高质量的稳定和有创造力的长久。

婚姻中的爱情

关于婚姻应当以爱情为基础，人们已经说得很多了；关于婚姻是爱情的坟墓，人们也已经说得很多了。这两种说法显然是互相矛盾的。如果婚姻的确是爱情的坟墓，而爱情又的确是婚姻的基础，那就等于说，婚姻必然自毁基础，自掘坟墓，真是一点出路也没有了。

解决这个矛盾可以有两种相反的思路。有一些人（包括一些哲学家）认为，婚姻和爱情在本性上就是冲突的，因此必须为婚姻寻找别的基础，例如习惯、利益、义务、抚育后代之类。与此不同，我仍想坚持婚姻以爱情为基础的价值立场，只是要对作为婚姻基础的爱情重新进行定义。

有一个真正值得深思的问题：婚姻中的爱情究竟应该是怎样的？

　　我发现，人们之所以视婚姻与爱情为彼此冲突，一个重要原因便是对爱情的理解过于狭窄，仅限于男女之间的浪漫之情。这种浪漫之情依赖于某种奇遇和新鲜感，其表现形式是一见钟情，销魂断肠，如痴如醉，难解难分。这样一种感情诚然也是美好的，但肯定不能持久，并且这与婚姻无关，即使不结婚也一样持久不了。因为一旦持久，任何奇遇都会归于平凡，任何陌生都会变成熟悉。试图用婚姻的形式把这种浪漫之情延续下去，结果当然会失败，但其咎不在婚姻。

　　如果我们把爱情理解为男女之间极其深笃的感情，那么，我们就会看到，它绝不仅限于浪漫之情，事实上还有别样的形态。一般来说，浪漫之情往往存在于婚姻前或婚姻外，至多还存在于婚姻的初期。随着婚龄增长，浪漫之情必然会递减，然而，倘若这一结合的质量确实是好的，就会有另一种感情渐渐生长起来。这种新的感情由原来的恋情转化而来，似乎不如恋情那么热烈和迷狂，却有了恋情所不具备的许多因素，最主要的便是在长期共同生活中形成的互相的信任感、行为方式上的默契、深切的惦念，以及今生今世的命运与共之感。我们不妨把这种感情看作亲情的一种，不过它不同于血缘性质的亲情，而的确是在性爱基础上产生的亲情。我认为，它完全有资格被承认为爱情的一种形态，而且是一种成熟的形态。为了与那种浪漫式的爱情相区别，我称之为亲情式的爱情。婚姻中的爱情，便是以这样的形态存在的。按照这一思路，婚姻就不但不是爱情的坟墓，反倒是爱情——亲情式的爱情——生长的土壤了。

调侃婚姻

在人类的一切发明中，大约没有比婚姻更加遭到人类自嘲的了。自古以来，聪明人对这个题目发了许多机智的议论，说了无数刻薄话。事情到了这种地步，一个结了婚的男人（当然是男人！）倘若不调侃一下结婚的愚蠢，便不能显示其聪明，假如他竟然赞美婚姻，则简直是公开暴露他的愚蠢了。

让我们来欣赏几则俏皮话，放松一下被婚姻绷紧的神经。

蒙田引某人的话说："美好的婚姻是由视而不见的妻子和充耳不闻的丈夫组成的。"如果睁开眼睛，张开耳朵，看清了对方的真相，知道了对方的所作所为，会怎么样呢？有一句西谚做了回答："我们因为不了解而结婚，因为了解而分离。"

什么时候结婚合适？某位智者说："年纪轻还不到时候，年纪大已过了时候。"

不要试图到婚姻中去寻找天堂，斯威夫特会告诉你："天堂中有什么我们不知道，没有什么我们却很清楚——恰恰没有婚姻！"

拜伦在《唐璜》中写道："一切悲剧皆因死亡而结束，一切喜剧皆因婚姻而告终。"尽管如此，他自己还是结婚了，为的是"我想有个伴儿，可以在一起打打哈欠"。按照尚福尔的说法，恋爱有趣如小说，婚姻无聊如历史。或许，我们可以反驳：不对，一结婚，喜剧就开场了——小小的口角，和解，嫉妒，求饶，猜疑，解释，最后一幕则是离婚。

有一个法国人说："夫妻两人总是按照他们中比较平庸的一人的水平生活的。"这是挖苦结婚使智者变蠢、贤者变俗。

有人向萧伯纳征求对婚姻的看法，萧回答："太太未死，谁能对此说老实话？"

林语堂说，他最欣赏家庭中和摇篮旁的女人，他自己在生活中好像也是恪守婚德的，可是他对婚姻也不免有讥评。他说，所谓美满婚姻，不过是夫妇彼此迁就和习惯的结果，就像一双旧鞋，穿久了便变得合脚。无独有偶，古罗马一位先生也把婚姻比作鞋子，他离婚了，朋友责问他："你的太太不贞吗？不漂亮吗？不多育吗？"他指指自己的鞋子答道："你们谁也说不上它什么地方夹我的脚。"

世上多娇妻伴拙夫这类不般配的婚姻，由之又引出守房不牢的风流故事，希腊神话即以此为嘲谑的材料。荷马告诉我们，美神阿佛洛狄忒被许配给了跛足的火神赫菲斯托斯，她心中不悦，便大搞婚外恋，有一回丈夫捉奸，当场用捕兽机把她和情夫双双夹住，请诸神参观。你看，神话的幽默真可与现实媲美。

不论男女，凡希望性生活自由一点的，一夫一妻制的婚姻总是个束缚。辜鸿铭主张用纳妾来补偿，遭到两个美国女子反驳："男人可以多妾，女人为什么不可以多夫？"辜鸿铭答道："你们见过一个茶壶配四只茶杯，但世上哪有一只茶杯配四个茶壶的？"这话好像把那两个美国女子问住了。我倒可以帮她们反击："你见过一只汤盆配许多汤匙，但世上哪有一只汤匙配许多汤盆的？"马尔克斯小说中的人物说："一个男人需要两个妻子，一个用来爱，另一个用来钉扣子。"我想女人也不妨说："一个女人需要两个丈夫，一个用来爱，另一个用来养家糊口。"

好了，到此为止。说婚姻的刻薄话是讨巧的，因为谁也不能否认婚姻包含种种弊病。如果说性别是大自然一个最奇妙的发明，那么，婚姻就是人类一个最笨拙的发明。自从人类发明这部机器，它就老是出毛病，使我们为调试它、修理它伤透脑筋。遗憾的是，迄今为止的事实表明，人类的智慧尚不能发明出一种更好的机器，足以配得上并且对付得了大自然那个奇妙的发明。所以，我们只好自嘲。能自嘲是健康的，它使我们得以在一个无法避免的错误中坦然生活下去。

表达你心中的
爱和善意

第六章

应该相信，世上绝大多数人是善良的，
而在每一个善良的人心中，
爱和善意原是最自然的情感。

表达你心中的爱和善意
——皮特·尼尔森《圣诞节清单》中译本序

　　这是一本令人感到温暖的书，在一个人性迷失的时代，它试图重新唤起我们对人性的信心。它提醒每一个人：你心中不但要有爱和善意，而且要及时地、公开地表达你心中的爱和善意。这个道理似乎简单，却常常被我们忽视。

　　我们活在世上，人人都有对爱和善意的需要。今天你出门，不必有奇遇，只要一路遇到的是友好的微笑，你就会觉得这一天十分美好。如果你知道世上有许多人喜欢你，肯定你，善待你，你就会觉得人生十分美好，这个世界十分美好。即使你是一个内心很独立的人，情形仍是如此，没有人独立到不需要来自同类的爱和善意的地步。

那么，我们就应该经常想到，我们的亲人、朋友、同学、同事，他们都有着同样的需要。这赋予了我们一种责任：对我们周围的人来说，这个世界是否美好，在很大程度上取决于我们是否爱他们、善待他们。我们每一个人都有责任给世界增添爱和善意，如同本书的主人公所说，借此"把世界变成一个更好的、值得留恋的地方"。

应该相信，世上绝大多数人是善良的，而在每一个善良的人心中，爱和善意原是最自然的情感。可是，在许多时候，我们宁愿把这种情感埋在心里，不向相关的人表达出来。有时候我们是顾不上表达，忙于做自己的事，似乎缺乏表达的机会。有时候我们是羞于表达，碍于一种反向的面子，似乎怕对方不在乎自己的表达甚至会感到唐突。我们中国人在这方面尤其有心理障碍，其根源也许可追溯到讲究老幼尊卑的传统文化，从小生活在连最亲的亲人——父母与子女——之间也缺乏情感语言交流的环境中，使得我们始终不习惯用语言表达情感。

当然，最重要的事情是爱和善意本身，而不是表达。当然，表达有种种方式，不限于语言。然而，不可低估语言的作用。有一个人，也许他正在苦闷中，甚至患了忧郁症，认为自己已被世上一切人抛弃，你的一次充满爱心的谈话就能救他，但你没有救他，他终于自杀了。其实，这样的事经常发生。当亲友中的某个人去世时，我们往往会后悔，有些一直想对他说的话再也没有机会说了。事实上，每一个人都在不可避免地走向死亡，我们随时面临着太迟的可能性。一切真诚的爱和善意，在本质上都是给予，并不求回报，因此没有什么可羞于启齿的。那是你心中的财富，你本应该及时把它呈献出来，让那个与它相关的人共享。

今天的时代有种种弊病，包括人们过于看重功利，由此导致人情冷漠。我不主张对少年人隐瞒社会的实情，让他们把一切都想象得非常美好，这会使他们失去免疫力，或者陷入幻灭的痛苦。但是，我更反对那种一味引导他们适应社会消极面的实用主义教育。在一定意义上，少年人今天的精神面貌决定了社会明天的面貌。我愿意向少年人推荐本书，是期望他们成为珍惜精神价值的一代，珍惜爱和善意的价值的一代，期望他们每一个人从小就树立本书主人公所表达的信念："如果说学习如何给予爱、获得爱不是这个世界上重要的事，那么我就不知道什么是重要的了。"

性爱五题

一

女人和自然

一个男人真正需要的只是自然和女人。其余的一切，诸如功名之类，都是奢侈品。

当我独自面对自然或面对女人时，世界隐去了。当我和女人一起面对自然时，有时女人隐去，有时自然隐去，有时两者都似隐非隐，朦胧一片。

女人也是自然。

文明已经把我们同自然隔离开来，幸亏我们还有女人，女人是我们与自然之间的最后纽带。

男人抽象而明晰，女人具体而混沌。

所谓形而上的冲动总是骚扰男人，他苦苦寻求着生命的家园。女人并不寻求，因为她从不离开家园，她就是生命、土地、花、草、河流、炊烟。

男人是被逻辑的引线放逐的风筝，他在风中飘摇，向天空奋飞，直到精疲力竭，逻辑的引线断了，终于坠落到地面，回到女人的怀抱。

男人一旦和女人一起生活便自以为已经了解女人了。他忘记了一个真理：我们最熟悉的事物，往往是我们最不了解的。

也许，对待女人的最恰当态度是，承认我们不了解女人，永远保持第一回接触女人时的那种新鲜和神秘的感觉。难道两性差异不是大自然一个永恒的奇迹吗？对此不再感到惊喜，并不表明了解增深，而只表明感觉已被习惯磨钝。

我确信，两性间的愉悦要保持在一个满意的程度，对彼此身心差异的那种惊喜之感是不可缺少的条件。

二

爱和喜欢

"我爱你。"

"不，你只是喜欢我罢了。"她或他哀怨地说。

"爱我吗？"

"我喜欢你。"她或他略带歉疚地回答。

在所有的近义词里，"爱"和"喜欢"似乎被掂量得最多，其间的差别被最郑重其事地看待。这时候，男人和女人都成了最一丝不苟的语言学家。

也许没有比"爱"更抽象、更笼统、更有歧义、更不可通约的概念了。应该用奥卡姆的剃刀把这个词也剃掉。不许说"爱"，要说就说一些比较具体的词，例如"想念""需要""尊重""怜悯"等。这样，事情会简明得多。

怎么，你非说不可？好吧，既然剃不掉，它就属于你。你在爱。

爱就是对被爱者怀着一些莫须有的哀怜，做一些不必要的事情：怕她冻着饿着，担心她遇到意外，好好地突然想到她有朝一日死了怎么办，轻轻地抚摸她，好像她是病人又是易损的瓷器。爱就是做被爱者的保护人的冲动，尽管在旁人看来这种保护毫无必要。

三

风骚和魅力

风骚、放荡、性感，这些近义词之间有着细微的差别。

"性感"译自西文 sex appeal，一位朋友说，应该译作汉语中的"骚"，其含义正相同。怕未必，只要想想有的女人虽骚却并不性感，就可明白。

"性感"是对一个女人的性魅力的肯定评价，"风骚"则用来描述一个女人在性引诱方面的主动态度。风骚也不无魅力。喜同男性交往的女子，或是风骚的，或是智慧的。你知道什么是尤物吗？

就是那种既风骚又智慧的女子。

放荡和贞洁各有各的魅力，但更有魅力的是二者的混合：荡妇的贞洁，或贞女的放荡。

调情之妙，在于情似有似无，若真若假，在有无真假之间。太有太真，认真地爱了起来，或全无全假，一点不动情，都不会有调情的兴致。调情是双方认可的意淫，以戏谑的方式表白了也宣泄了对于对方的爱慕或情欲。

昆德拉的定义是颇为准确的：调情是并不兑现的性交许诺。

一个真正有魅力的女人，她的魅力不但能征服男人，而且也能征服女人。因为她身上既有性的魅力，又有人的魅力。

好的女人是性的魅力与人的魅力的统一。好的爱情是性的吸引与人的吸引的统一。好的婚姻是性的和谐与人的和谐的统一。

性的诱惑足以使人颠倒一时，人的魅力方能使人长久倾心。

大艺术家兼有包容性和驾驭力，他既能包容广阔的题材和多样的风格，又能驾驭自己的巨大才能。

好女人也如此。她一方面能包容人生丰富的际遇和体验，其中包括男人的爱和友谊，另一方面又能驾驭自己的感情，不流于轻浮，不会在情欲的汪洋上覆舟。

四

嫉妒和宽容

性爱的排他性，所欲排除的只是别的同性对手，而不是别的异性对象。它的根据不在性本能中，而在嫉妒本能中。事情够清楚的：自己的所爱再有魅力，也不会把其他所有异性的魅力都排除掉。在不同的异性对象身上，性的魅力并不互相排斥。所以，专一的性爱仅是各方为了照顾自己的嫉妒心理而自觉地或被迫地向对方的嫉妒心理做出的让步，是一种基于嫉妒本能的理智选择。

可是，什么是嫉妒呢？嫉妒无非是虚荣心的受伤。

虚荣心的伤害是最大的，也是最小的，全看你在乎的程度。

在性爱中，嫉妒和宽容各有其存在的理由。如果你真心爱一个异性，当他与别人发生性爱关系时，你不可能不嫉妒。如果你是一个通晓人类天性的智者，你又不会不对他宽容。这是带着嫉妒的宽容和带着宽容的嫉妒。二者互相约束，使得你的嫉妒成为一种有尊严的嫉妒，你的宽容也成为一种有尊严的宽容。相反，在此种情境中一味嫉妒、毫不宽容，或者一味宽容、毫不嫉妒，则都是失了尊严的表现。

五

弹性和灵性

我所欣赏的女人，有弹性，有灵性。

弹性是性格的张力。有弹性的女人，性格柔韧，伸缩自如。她善于妥协，也善于在妥协中巧妙地坚持。她不固执己见，但在不固执中自有一种主见。

都说男性的优点是力，女性的优点是美。其实，力也是好女人的优点。区别只在于，男性的力往往表现为刚强，女性的力往往表现为柔韧。弹性就是女性的力，是化作温柔的力量。

弹性的反面是僵硬或软弱。和僵硬的女人相处，累；和软弱的女人相处，也累。相反，有弹性的女人既温柔，又洒脱，使人感到双倍的轻松。

如果说爱是一门艺术，那么，弹性便是善于爱的女子固有的艺术气质。

灵性是心灵的理解力。有灵性的女人天生慧质，善解人意，善悟事物的真谛。她极其单纯，在单纯中却有一种惊人的深刻。

如果说男性的智慧偏于理性，那么，灵性就是女性的智慧，它是和肉体相融合的精神，未受污染的直觉，尚未蜕化为理性的感性。

灵性的反面是浅薄或复杂。和浅薄的女人相处，乏味；和复杂的女人相处，也乏味。有灵性的女人则以她那种单纯的深刻使我们感到双倍的韵味。

所谓复杂的女人，既包括心灵复杂，工于利益的算计，也包括头脑复杂，热衷抽象的推理。在我看来，两者都是缺乏灵性的表现。

有灵性的女子最适宜做天才的朋友，她既能给天才以温馨的理解，又能纠正男性智慧的偏颇。在幸运天才的生涯中，往往有这类女子的影子。未受这类女子滋润的天才，则每每因孤独和偏执而趋于狂暴。

其实，弹性和灵性是不可分的。灵性其内，弹性其外。心灵有理解力，待人接物才会宽容灵活。相反，僵硬固执之辈，天性必愚钝。

灵性与弹性的结合，表明真正的女性智慧也具一种大器，而非琐屑的小聪明。智慧的女子一定有大家风度。

弹性和灵性又是我所赞赏的两性关系的品格。

好的两性关系有弹性，彼此既非僵硬地占有，也非软弱地依附。相爱的人给予对方的最好礼物是自由。两个自由人之间的爱，拥有必要的张力。这种爱牢固，但不板结；缠绵，但不黏滞。没有缝隙的爱太可怕了，爱情在其中失去了自由呼吸的空间，迟早要窒息。

好的两性关系当然也有灵性，双方不但获得官能的满足，而且获得心灵的愉悦。现代生活的匆忙是性爱的大敌，它省略细节，缩减过程，把两性关系简化为短促的发泄。两性的肉体接触更随便了，彼此在精神上却更陌生了。

家

如果把人生比作一种漂流——它确实是的，对有些人来说是漂过许多地方，对所有人来说是漂过岁月之河——那么，家是什么呢？

家是一只船

南方水乡，我在湖上荡舟。迎面驶来一只渔船，船上炊烟袅袅。当船靠近时，我闻到了饭菜的香味，听到了孩子的嬉笑。这时，我恍然悟到，船就是渔民的家。

以船为家，不是太动荡了吗？可是，我亲眼看到渔民们安之若素，举止泰然，而船虽小，食住器具，一应俱全，也确实是个家。

于是我转念想，对于我们，家又何尝不是一只船？这是一只小小的船，却要载我们穿过多么漫长的岁月。岁月不会倒流，前面永远是陌生的水域，但因为乘在这只熟悉的船上，我们竟不感到陌生。四周时而风平浪静，时而波涛汹涌，但只要这只船是牢固的，一切都化为美丽的风景。人世命运莫测，但有了一个好家，有了命运与共的好伴侣，莫测的命运仿佛也不复可怕。

我心中闪过一句诗："家是一只船，在漂流中有了亲爱。"

望着湖面上缓缓而行的点点帆影，我暗暗祝祷，愿每张风帆下都有一个温馨的家。

家是温暖的港湾

正当我欣赏远处美丽的帆影时，耳畔响起一位哲人的讽喻："朋友，走近了你就知道，即使在最美丽的帆船上也有着太多琐屑的噪声！"

这是尼采对女人的讥评。

可不是吗？家太平凡了，再温馨的家也难免有俗务琐事、闲言碎语，乃至小吵小闹。

那么，让我们扬帆远航。

然而，凡是经历过远洋航行的人都知道，一旦海平线上出现港口朦胧的影子，寂寞已久的心会跳得多么欢快。如果没有一片港湾在等待着拥抱我们，无边无际的大海岂不令我们绝望？在人生的航行中，我们需要冒险，也需要休憩，家就是供我们休憩的温暖的港湾。在我们的灵魂被大海神秘的涛声陶冶得过分严肃以后，家中琐屑的噪声也许正是上天安排来放松我们精神的人间乐曲。

傍晚，征帆纷纷归来，港湾里灯火摇曳，人声喧哗，把我对大海的沉思冥想打断了。我站起来，愉快地问候："晚安，回家的人们！"

家是永远的岸

我知道世上有一些极骄傲也极荒凉的灵魂，他们永远无家可归，让我们不要去打扰他们。作为普通人，或早或迟，我们需要一个家。

《荷马史诗》中的英雄奥德修斯长年漂泊在外，历尽磨难和诱惑，正是回家的念头支撑着他，使他克服了一切磨难，抵御了一切诱惑。最后，当女神卡吕普索劝他永久留在她的小岛上时，他坚辞道："尊贵的女神，我深知我的老婆在你的光彩下只会黯然失色，你长生不老，她却注定要死。可是我仍然天天想家，想回到我的家。"

自古以来，无数诗人咏唱过游子的思家之情。"渔灯暗，客梦回，一声声滴人心碎。孤舟五更家万里，是离人几行情泪。"家是游子梦魂萦绕的永远的岸。

不要说"赤条条来去无牵挂"，至少，我们来到这个世界，是有一个家让我们登上岸的。当我们离去时，我们也不愿意举目无亲，没有一个可以向之告别的亲人。倦鸟思巢，落叶归根，我们回到故乡故土，犹如回到从前靠岸的地方，从这里启程驶向永恒。我相信，如果灵魂不死，我们在天堂仍将怀念留在尘世的这个家。

心疼这个家

有一种曾经广泛流传的理论认为，家庭是社会经济发展到一定阶段的产物，所以必将随着经济的高度发展而消亡。这种理论忽视了一点：家庭的存在还有着人性上的深刻根据。有人称之为人的"家庭天性"，我很赞赏这个概念。我相信，在人类历史中，家庭只会改变其形式，不会消亡。

人的确是一种很贪心的动物，往往想同时得到彼此矛盾的东西。譬如说，他既想要安宁，又想要自由，既想有一个温暖的窝，又想做浪漫的漂流。他很容易这山望着那山高，不满足于既得的这一面而向往未得的那一面，于是便有了进出"围城"的迷乱和折腾。不过，就大多数人而言，是宁愿为了安宁而约束一下自由的。一度以唾弃家庭为时髦的现代人，现在纷纷回归家庭，珍视和谐的婚姻，也正证明了这一点。原因很简单，人终究是一种社会性的动物，而作为社会之细胞的家庭能使人的社会天性得到最经常、最切近的满足。

活在世上，没有一个人愿意完全孤独。天才的孤独是指他的思想不被人理解，在实际生活中，他也是愿意有个好伴侣的，如果没有，那是运气不好，并非他的主动选择。人不论伟大平凡，真实的幸福都是很平凡、很实在的。才赋和事业只能决定一个人是否优秀，不能决定他是否幸福。我们说贝多芬是一个不幸的天才，泰戈尔是一个幸福的天才，其根据就是他们在婚爱和家庭问题上的不同遭遇。讲究实际的中国人把婚姻和家庭关系推崇为人伦之首，敬神的希伯来人把一个好伴侣看作神赐的礼物，把婚姻看作生活的最高成就之一，均自有其道理。家庭是人类一切社会组织中最自然的社会组织，是把人与大地、与生命的源头联结起来的主要纽带。有一个好伴侣，筑一个好窝，生儿育女，恤老抚幼，会给人一种踏实的生命感觉。无家的人倒是一身轻，只怕这轻有时难以承受，容易使人陷入一种在这世上没有根基的虚无感之中。

当然，我不是不分青红皂白地为婚姻唱赞歌。我的价值取向是，最好是有一个好伴侣，其次是没有伴侣，最糟是有一个坏伴侣。伴侣好不好，标准是有没有爱情。建设一个好家不容易，前提当然是要有爱情，但又不是单靠爱情就能成功的。也许更重要的是，还必须有珍惜这个家的心意和行动。美丽的爱情之花常常也会结出苦涩的婚姻之果，开始饱满的果实也可能会半途蛀坏腐烂，原因之一便是不珍惜。为了树立珍惜之心，我要提出一个命题：家是一个活的有生命的东西。所以，我们要把它作为活的有生命的东西那样，怀着疼爱之心去珍惜它。

家的确不仅仅是一个场所，更是一个本身即具有生命的活体。两个生命因相爱而结合为一个家，在共同生活的过程中，他们的生命随岁月的流逝而流逝，流归何处？我敢说，很大一部分流入这个家，转化为这个家的生命了。共同生活的时间愈长，这个家就愈成为一个有生命的东西，其中交织着两人共同的生活经历和命运，无数细小而宝贵的共同记忆，在多数情况下还有共同抚育小生命的辛劳和欢乐。正因为如此，即使在爱情已经消失的情况下，离异仍然会使当事人感觉到一种撕裂的痛楚。此时不是别的东西，而正是家这个活体，这个由双方生命岁月交织成的生命体在感到疼痛。古犹太法典告诉我们，当一个人和他的结发妻子离婚时，其至圣坛也会为他们哭泣。如果我们时时记住家是一个有生命的东西，它也知道疼，它也畏惧死，我们就会心疼它，更加细心地爱护它了。那么，我们也许就可以避免一些原可避免的家庭破裂的悲剧了。

人的天性是需要一个家的，家使我们感觉到生命的温暖和实在，也凝聚了我们的生命岁月。心疼这个家吧，如同心疼一个默默护佑着也铭记着我们生命岁月的善良的亲人。

恋家不需要理由

我发现，男人对家的眷恋并不逊于女人，顾家的男人绝不少于顾家的女人。我承认，我也是一个比较恋家和顾家的男人。我常自问：大千世界，有许多可爱的女人，生活有无数种可能性，你坚守着与某一个女人组成的这个小小的家，究竟有什么理由？我给自己一条条列举出来，觉得都不成其为充足理由。我终于明白了：恋家不需要理由。只要你在这个家里感到自由自在，没有压抑感和强迫感，摩擦和烦恼当然免不了，但都能够自然地化解，那么，这就证明你的生活状态是基本对头的，你是适合过有家的生活的。

相当一部分男人在人生中的某个阶段好像会面临一个选择：结婚还是独身，要不要一个家？不过，在大多数情形下，这个问题的解决权并不掌握在思考者手中，抽象的决定往往会在个人支配不了的生活实践中改变或放弃。据我观察，不管是因为本性还是因为习俗，坚定的独身主义者是很少的，实际生活中的独身者多半并非出于信念自觉地选择了独身，而是由于机遇不佳无奈地接受了独身。

当然啦，的确有极少数男人在本性上与家庭生活格格不入。这主要是两类，我称之为极端风流型的男人和极端事业型的男人。多数男人（姑且不论女人）的天性中都有风流的因子，但他们常常能够自觉地（因为珍惜现有的婚爱）或被迫地（因为实际的利害关系）加以克制。当今一种时髦的做法是顾家和风流两不误，一旦发生冲突，如果办得到的话，就暂时牺牲风流而保全家庭。如果一个男人风流到了妻离子散在所不惜的地步，并且只是风流成性而不是因为坠入了新的情网，那么，他就可以称作极端风流型的男人，他应该看清自己的天性，永远断绝成家的念头。

至于所谓极端事业型的男人，我是指事业上的迷狂者，这种人只有一根筋，除了所醉心的事业之外，他对人生中的其余内容一概不感兴趣，并且极其无能。这样的人很可能是某一领域的天才，我们无权用常识来衡量他。但他毕竟不适合过普通的家庭生活也是事实。要他担负起一个丈夫或一个父亲的责任,等于巨大的灾难。当然,倘若有可敬的女性甘愿献身,服侍他的起居,对于他也许是幸事。可惜的是,很少有女人甘愿只当丈夫的保姆,哪怕她的丈夫是一个天才。

写到这里,我可以对自己下一定论了:我不是一个极端的男人。换一句话说,我是一个比较中庸的男人。如果要找恋家的理由,这算是一个吧。

迎来小生命

凡真正美好的人生体验都是特殊的，若非亲身经历就不可能凭理解力或想象力加以猜度。为人父母便是其中之一。

迎来一个新生命，成为人父人母，是人生中一段无比美妙的时光。

最初的日子里，我守着摇篮，端详着沉睡中的婴儿圣洁的小脸蛋，心中充满神秘之感。这个不久前还无迹可寻的小生命，现在突然出现在了我的屋宇里，她究竟来自何方？单凭自己的力量，我绝不可能成为一个父亲，我必定是蒙受了一个侥幸得近乎非分的恩宠。婴儿是真正的天使——天国的使者，她的甜蜜祥和的睡眠，她在睡梦中闪现的谜样的微笑，她的小身体喷发的花朵般的浓郁清香，都透露了她所来自的那个神秘国度的信息。

养育小生命或许是世上最妙不可言的一种体验了。小的就是好的，小生命的一颦一笑都那么可爱，交流和成长的每一个新征兆都叫人那样惊喜不已。这种体验是不能从任何别的地方获得，也不能用任何别的体验来代替的。一个人无论见过多大世面，从事多大事业，在初当父母的日子里，都不能不感到自己面前突然打开了一个全新的世界。小生命丰富了大心胸。生命是一个奇迹，可是，倘若不是养育过小生命，对此怎能有真切的领悟呢？

养育小生命是人生中的一段神圣时光。报酬就在眼前。至于日后孩子能否成材，是否孝顺，实在无须考虑。那些"望子成龙""养儿防老"的父母亵渎了神圣。

在亲自迎来一个新生命的时候，人离天国最近。

在抚养"幼崽"的日子里，我们仿佛变回了成年兽，我们确实变回了成年兽。我觉得，做一头成年兽，这个滋味好极了。作为社会生物，我们平时太多地过着复杂而抽象的生活，现在生活重归于简单和具体了。

婴儿小身体散发的味儿妙不可言，宛如一朵肉身的蓓蕾，那味儿完全是肉体性质的，却纯净如花香。这是原汁原味的生命，是创世第六日工场里的气息。她的芬芳渗透进了她用过的一切，她的小衣服、小被褥，即使洗净了，叠放在那里，仍有这芬芳飘出。一间有婴儿的屋子是上帝的花房，无处不弥漫着新生命浓郁的清香。

一个小生命的到来，是启示我们回到生命本身的良机。这时候，生命以纯粹的形态呈现，尚无社会的堆积物，那样招我们喜爱，同时也引我们反省。这时候，深藏在我们生命中的种族本能觉醒了，我们突然发现，生命本身是巨大的喜悦，也是伟大的事业。

对现代人来说，适时回到某种单纯的动物状态，这既是珍贵的幸福，也是有效的净化。现代人的典型状态是，一方面，上不接天，没有信仰，离神很远；另一方面，下不接地，本能衰退，离自然也很远，仿佛悬在半空中，在争夺世俗利益中度过复杂而虚假的一生。那么，从上下两方面看，小生命的到来都是一种拯救，引领我们回归简单和真实。

我以前认为，人一旦做了父母就意味着老了，不再是孩子了。现在我才知道，人唯有自己做了父母，才能最大限度地回到孩子的世界。

为人父母提供了一个机会，使我们有可能更新对于世界的感觉。用你的孩子的目光看世界，你会发现一个全新的世界。

孩子是使家成其为家的根据。没有孩子，家至多是一场有点过分认真的爱情游戏。有了孩子，家才有了自身的实质和事业。

男人是天地间的流浪汉，他寻找家园，找到了女人。可是，对于家园，女人有更正确的理解。她知道，接纳了一个流浪汉，远远不等于建立了一个家园。于是她着手编织一只摇篮——摇篮才是家园的起点和核心。在摇篮四周，和摇篮里的婴儿一起，真正的家园生长起来。

在这个世界上，唯有孩子和女人最能使我真实，使我眷恋人生。

亲子之爱

在一切人间之爱中，父爱和母爱也许是最特别的一种，它极其本能，却又近乎神圣。爱比克泰德说得好："孩子一旦生出来，要想不爱他已经为时过晚。"正是在这种似乎被迫的主动中，我们如同得到神启一样领悟了爱的奉献和牺牲之本质。

然而，随着孩子长大，本能便向经验转化，神圣也便向世俗转化。于是，教育、代沟、遗产等各种社会性质的问题产生了。

我们从小就开始学习爱，可是我们最擅长的始终是被爱。直到我们自己做了父母，我们才真正学会了爱。

在做父母之前，我们不是首先做过情人吗？

不错，但我敢说，一切深笃的爱情必定包含着父爱和母爱的成分。一个男人深爱一个女人，一个女人深爱一个男人，潜在的父性和母性就会发挥作用，不由自主地把情人当作孩子一样疼爱和保护。

然而，情人之爱毕竟不是父爱和母爱。所以，一切情人又都太在乎被爱。

当我们做了父母，回首往事，我们便会觉得，以往爱情中最动人的东西仿佛是父爱和母爱的一种预演。与正剧相比，预演未免相形见绌。不过，成熟的男女一定会让彼此都分享到这新的收获。谁真正学会了爱，谁就不会只限于爱子女。

过去常听说，做父母的如何为子女受苦、奉献、牺牲，似乎恩重如山。自己做了父母，才知道这受苦同时就是享乐，这奉献同时就是收获，这牺牲同时就是满足。所以，如果要说恩，那也是相互的。而且，愈有爱心的父母，愈会感到所得远远大于所予。

其实，任何做父母的，当他们陶醉于孩子的可爱时，都不会以恩主自居。一旦以恩主自居，就必定是已经忘记了孩子曾经给予他们的巨大快乐，也就是说，忘恩负义了。人们总谴责忘恩负义的子女，殊不知，天下还有忘恩负义的父母呢。

有人说性关系是人类最自然的关系，恐怕未必。须知性关系是两个成年人之间的关系，因而不可能不把他们的社会性带入这种关系中。相反，当一个成年人面对自己的幼崽时，他便不能不回归自然状态，因为一切社会性的附属物在这个幼小的对象身上都成了不起作用的东西，只好搁置起来。随着孩子长大，亲子之间社会关系的比重就愈来愈大了。

亲子之爱的优势在于：它是生物性的，却滤尽了肉欲；它是无私的，却与伦理无关；它非常实在，却不沾一丝功利的计算。

人们常说，孩子是婚姻的纽带。这句话是对的，但不应做消极的理解，似乎为了孩子只好维持婚姻。孩子对于婚姻的意义是非常积极的，是在实质上加固了婚姻的爱情基础。

有些年轻人选择做丁克族的理由是，孩子是第三者，会破坏二人世界的亲密。表面上看似乎如此，各人都为孩子付出了爱，给对方的爱好像就减少了。但是，爱所遵循的法则不是加减法，而是乘法。各人给孩子的爱不是从给对方的爱中扣除出来的，而是孩子激发出来的。爱的新源泉打开了，爱的总量增加了，爱的品质提高了，而这一点必定会在夫妇之爱中体现出来。把对方给孩子的爱视为自己的亏损，这是我最无法理解的一种奇怪心理。事实上，双方都特别爱孩子，夫妻感情一定是加深了而不是减弱了。

对孩子的爱是一个检验，一个人连孩子也不爱，正暴露了在爱的能力上的缺陷，无法想象这样的人会真正去爱一个人，哪怕这个人是他此刻迷恋得要死要活的超级尤物。

爱，这一个理由已经足够

——《宝贝，宝贝》序

一

宝贝，宝贝，在写这本书的时候，这个词一直重叠着在我的心中回响，如同一个最温柔也最深沉的旋律。

宝贝，宝贝。

女儿是我的宝贝。小生命来到世上，天下的父母哪个不心醉神迷，谛视着婴儿花朵一样的脸蛋，满腔的骨肉之爱无以表达，一声声唤宝贝，千言万语尽在其中。

　　和女儿一起度过的时光，是我的生命中的宝贝。养育小生命是人生最宝贵的经历之一，其中有多少惊喜和欢笑、多少感悟和思考，给我的心灵仓库增添了多少无价的珍宝。

　　宝贝，宝贝，我的女儿，我的生命中的时光。

二

　　我也许命中该做父亲，比做别的什么都心甘情愿，绝对不会厌烦。我想不出，在人生中，还有什么事比养儿育女更有吸引力，更能使人身不由己地沉醉其中。

　　我的妻子常说，没见过像我这么痴情的爸爸。周围的朋友，看见我这么陶醉地当爸爸，有的称赞我是伟大的父亲，有的惋惜我丧失了革命的斗志。我心里明白，伟大根本扯不上，我是受本能支配，这恰恰证明我平凡。至于丧失了斗志，我不在乎，倘若一种斗志会被生命自身的力量瓦解，恰恰证明它没有多大价值。

　　性是大自然最奇妙的发明之一，在没有做父母的时候，我们并不知道大自然的深意，以为它只是男女之欢。其实，快乐本能是浅层次，背后潜藏着深层次的种属本能。有了孩子，这个本能以巨大的威力突然苏醒了，一下子把我们变成了忘我舐犊的傻爸傻妈。

爱孩子是本能，但不限于本能。无论第几次做父亲，新生命的到来永远使我感到神秘。一个新生命的形成，大自然不知运作了多少个世纪，其中不知交织了多少离奇的故事。

我的女儿，你原本完全可能不来找我，却偏偏来了，选中我做你的父亲，这是何等的信任。如果有轮回，天下人家如恒河之沙，你这一个灵魂偏偏投胎到了我的家里，这是何等的因缘。如果有上帝，上帝赐给了我生命，竟还把照看你的生命的荣耀也赐给了我，这是何等的恩宠。面对你，我庆幸，我喜乐，我感恩。

三

我有写日记的习惯。女儿出生后，她成了我的日记里的主角。这很自然，因为她也成了我的生活里的主角。我情不自禁地记下她的一点一滴表现，如同一个藏宝迷搜集一颗又一颗珠宝，简直到了贪婪的地步。尤其从她咿呀学语开始，我记录得格外辛勤，语言能力的每一点进步，逐渐增多的有趣表达，她的奇思妙想和惊人之言，只要听到，我就赶紧记下来，生怕流失。事实上，如果不记下来，绝大部分必定流失。

这当然是需要一点毅力的，因为养育孩子既是最快乐的，也是最劳累的，这种劳累往往使人麻木和怠惰，失去了记录的雅兴和余力。不过，我是欲罢不能。我清楚地意识到，孩子年幼的这一段时光，生命初期的奇妙景象，对于我是一笔多么宝贵的财富，而这段时光是那样稍纵即逝，这笔财富是那样容易丢失。上天赐给了我这么好的运气，我绝不可辜负。此时此刻，这就是我的事业和使命，其余一切必须让路。

物质的财宝，丢失了可以挣回，挣不回也没有什么，它们是这样毫无个性，和你本来就没有必然的关系，只不过是换了一个地方存放罢了。可是，你的生命中的珍宝是仅仅属于你的，它们只能存放在你的心灵中和记忆中，如果这里没有，别的任何地方也不会有，你一旦把它们丢失，就永远找不回来了。

当我现在重读和整理这些记录时，我发现，在女儿二至五岁的四年里，记的精彩段子最多，以后就大为减少了。我认为，这并不意味着她后来退步了，而是显示了一种规律性的现象。二至五岁正是幼儿期，心智的各个要素，包括感觉、认知、语言、想象，如同刚破土的嫩苗，开始蓬勃生长。一方面，这些要素尚未分化，浑然一体，相得益彰；另一方面，又尚未被成人世界的概念思维和功利计算所同化，清新如初。人们对于幼儿的绘画赞美有加，其实，幼儿的语言毫不逊色，同样富于独创性。这是原生态的精神现象，奇妙无比，在生命的以后阶段绝不可能重现。打一个未必恰当的比方，犹如中国的先秦文化和欧洲的古希腊文化不可能重现一样。长大以后，在较好的情形下，心智的某一要素得到良好发展，成为某一领域的能者。在最好的情形下，心智保持纯真的品质和得到全面的发展，那就是天才了。

如果说，生命早期的精彩纷呈对于做父母的是宝贵财富，那么，对于孩子自己就更是如此了。但是，孩子身在其中，浑然无知，尚不懂得欣赏和收藏它们，而到了懂得的年纪，它们早已散失在时光中了。为孩子保住这一份财富，这只能是父母的责任。在为女儿做记录时，我经常想，她长大后，有一天，我把这一份记录交到她的手上，她会多么欣喜啊。这是真正的无价之宝，天下父母能够给孩子的礼物，不可能有比这更贵重的了。

四

现在有一些父亲或母亲以自己的孩子为题材写书，写的是他们很特别的育儿经历。他们有宏大的目标和周密的计划，从零岁开始，一步一步，把自己的孩子培育成天才，终于送进了哈佛或牛津。在我的这本书里，没有一丁点这样的东西。事实上，我也不是这种目光远大、心思缜密的家长，而只是一个普通的父亲罢了。对于我的女儿，我只希望她健康、快乐地生长，丝毫不想在她身上施展我的宏图。

家庭教育是人的一生教育的起点和基础，具有学校教育不可替代的重要性。在这个意义上，我也认为好父母胜过好老师。不过，什么是好父母，人们的观念截然不同。我自认为是一个好父亲，理由仅仅在于，当女儿幼小时，我是她的一个好玩伴，随着她逐渐长大，我在争取成为她的一个好朋友。我一向认为，做孩子的朋友，孩子也肯把自己当作朋友，是做父母的最高境界。至于在我们之间，谁是老师，谁是学生，还真分不清楚，我只能说，我从她那里学到的，绝不比她从我这里学到的少。

五

如此看来，这是一本很普通的书了。的确很普通，但凡做父母的，只要有足够的细心和耐心，会写字，谁都可以写这样的一本书。然而，它并不因此就没有了价值，相反，也许这正是它的价值之所在。

世上已经有太多的书，讲述各种伟大的真理、精彩的故事、成功的楷模，我无意加入其列。我只想叙述平凡的生活，叙述平凡生活中的一个珍贵的片段。人们大约不会认为这只是一本谈育儿的书吧。但愿在读了这本书以后，有更多的人相信，伟大、精彩、成功都不算什么，只有把平凡生活真正过好，人生才会圆满。

世代交替，生命繁衍，人类生活的基本内核原本就是平凡的。战争，政治，文化，财富，历险，浪漫，一切的不平凡，最后都要回归平凡，都要按照对人类平凡生活的功过确定其价值。即使在伟人的生平中，最能打动我们的也不是丰功伟绩，而是那些在平凡生活中显露了真实人性的时刻，这样的时刻恰恰是人人都拥有的。遗憾的是，在今天的世界上，人们惶惶然追求貌似不平凡的东西，懂得珍惜和品味平凡生活的人何其少。

所以，我的这本书未尝不是一个呼唤。

六

最后，我要对女儿说几句话。

宝贝，我要你记住，你是一个普通的女孩。我之所以写你，不是因为你多么特别，只是因为你是我的女儿。在写你的这本书出版以后，你也仍然是一个普通的女孩，不会因为这本书而变得特别。

当然，我也只是一个普通的父亲，与别的爱自己孩子的父亲没有什么两样。我写这本书，不是因为我是作家。我不是作家，也一定会写这本书，只因为我是你的爸爸。这是一个普通的父亲为他所爱的女儿写的一本书。

一个普通的父亲，爱他的一个普通的女儿，这是我写这本书的全部理由。

爱，这一个理由已经足够。

在这本书里，我只写了你从出生到刚上小学的事情。宝贝，你还记得吧，我们有一个约定，往后的事情，将来由你自己来写。爸爸的想法是，将来你不一定要写书，写不写书不重要，爸爸从来没有想把你培养成一个作家，只希望你成为一个珍惜自己生活经历的人。读了这本书，如果你不但为其中写的你幼小时候的事开心一笑，而且领略到了记录生活的魅力，养成写日记的习惯，我会非常高兴的。你将慢慢体会到，一个认真写日记的人，生活的时候是更用心、更敏锐、更有自己的眼光的，她从生活中获取得更多，更是生活的主人。

欣赏另一半 ———— 第七章 ————

无论是男性特质还是女性特质，孤立起来都是缺点，
都造成了片面的人性，结合起来便都是优点，
都是构成健全人性的必需材料。

女性的美丽

　　当我们贪图感官的享受时，女人是固体，诚然是富有弹性的固体，但毕竟同我们只能有体表的接触。然而，在那样一些充满诗意的场合，女人是气体，那样温馨芬芳的气体，她在我们的四周飘荡，沁入我们的肌肤，弥漫在我们的心里。一个心爱的女子每每给我们的生活染上一种色彩，给我们的心灵造成一种氛围，给我们的感官带来一种陶醉。

　　一个漂亮女人能够引起我的赞赏，却不能使我迷恋。使我迷恋的是那种有灵性的美，那种与一切美的事物发生内在感应的美。在具有这种美的特质的女人身上，你不仅感受到她本身的美，而且通过她感受到了大自然的美、艺术的美、生活的美。因为这一切美都被她心领神会，并且在她的气质、神态、言语、动作中奇妙地表现出来了。她以她自身的存在增加了你眼中那个世界的美，同时又以她的体验强化了你对你眼中那个世界的美的体验。不，这么说还有点不够。事实上，当你那样微妙地对美产生共鸣时，你从她的神采中看到的恰恰是你对美的全部体验，而你本来是看不到甚至把握不住你的体验的。

不纯净的美使人迷乱，纯净的美使人宁静。

女人身上兼有这两种美。所以，男人在女人怀里癫狂，又在女人怀里得到安息。女人作为母亲，最接近大自然。大自然的美总是纯净的。

看见一个美丽的女人，你怦然心动。你目送她楚楚动人地走出你的视野，她不知道你的心动，你也没有想要让她知道。你觉得这是最好的：把欢喜留在心中，让女人成为你的人生中的一种风景。

女性拯救人类

    女性是一个神秘的性别。在各个民族的神话和宗教传说中，她既是美、爱情、丰饶的象征，又是诱惑、罪恶、堕落的象征。她时而被神化，时而被妖化。诗人们讴歌她，又诅咒她。她长久罩着一层神秘的面纱，掀开面纱，我们看到的仍是神秘莫测的面影和眼波。有人说，女性是晨雾萦绕的绿色沼泽。这个譬喻形象地道出了男子心目中女性的危险魅力。也许，对诗人来说，女性的神秘是不必也不容揭破的，神秘一旦解除，诗意就荡然无存了。但是，觉醒的理性不但向人类，而且向女性也发出了"认识你自己"的召唤，一门以女性自我认识为宗旨的综合学科——女性学——正在兴起并迅速发展。面对这一事实，诗人们无须伤感，因为这门新兴学科将充分研究他们作品中所创造的女性形象，他们对女性的描绘也许还从未受到女性自身如此认真的关注呢。

一般来说，认识自己是件难事。难就难在这里不仅有科学与迷信、真理与谬误、良知与偏见的斗争，而且有不同价值取向的冲突。"人是什么"的问题势必与"人应该是什么""人能够是什么"的问题紧相纠缠。同样，"女人是什么"的问题总是与"女人应该是什么""女人能够是什么"的问题难分难解。正是问题的这一价值内涵，使得任何自我认识同时也成了一个永无止境的自我评价、自我设计、自我创造的过程。

在人类之外毕竟不存在一个把人当作认识对象的非人族类，所谓神意也只是人类自我认识的折射。女性的情形就不同了，有一个相异的性类对她进行着认识和评价，因此她的自我认识难以摆脱男性观点的纠缠和影响。人们常常争论：究竟是男人更理解女人，还是女人自己更理解女人？也许我们可以说女人"当局者迷"，但是男人并不具有"旁观者清"的优势，因为他在认识女人时恰恰不是旁观者，而也是一个当局者，不可能不受欲念和情感的左右。两性之间事实上不断发生误解，但这种误解又是与两性对自身的误解互为前提的。另一方面，我们即使彻底排除了男权主义的偏见，终归不可能把男性观点对女性的影响也彻底排除掉。无论到什么时候，女人离开男人就不成其为女人，就像男人离开女人就不成其为男人一样。男人和女人是互相造就的，肉体上如此，精神上也如此。两性存在虽然同属人的存在，但各自性别意识的形成始终有赖于对立性别的存在及其对己的作用。这种情形既加重了也减轻了女性自我认识的困难。在各个时代的男性中，始终有一些人超越了社会政治经济的偏见而成为女性的知音，他们的意见是值得女性学家重视的。

对于女人，有两种常见的偏见。男权主义者在"女人"身上只见"女"，不见"人"，把女人只看作性的载体，而不看作独立的人格。某些偏激的女权主义者在"女人"身上只见"人"，不见"女"，只强调女人作为人的存在，抹杀其性别存在和性别价值。后者实际上是男权主义的变种，是男权统治下女性自卑的极端形式。真实的女人当然既是"人"，又是"女"，是人的存在与性别存在的统一。正像一个健全的男子在女人身上寻求的既是同类又是异性一样，在一个健全的女人看来，倘若男人只把她看作无性别的抽象的人，所受侮辱的程度绝不亚于只把她看作泄欲和生育的工具。

值得注意的是，随着西方文明日益暴露其弊病，愈来愈多的有识之士从女性身上发现了一种疗救弊病的力量。对于这种力量，艺术家早有觉悟，所以歌德诗曰："永恒之女性，引导我们走。"与以往不同的是，现在哲学家们也纷纷觉悟了。马尔库塞指出，由于妇女和资本主义异化劳动世界相分离，使得她们有可能不被行为原则弄得过于残忍，有可能更多地保持自己的感性，也就是说，比男人更人性化。他得出结论：一个自由的社会将是一个女性社会。法国后结构主义者断言，如果没有人类历史的"女性化"，世界就不可能得救。女性本来就比男性更富于人性的某些原始品质，例如情感、直觉和合群性，而由于她们相对脱离社会的生产过程和政治斗争，使这些品质较少受到污染。因此，在"女人"身上，恰恰不是抽象的"人"，而是作为性别存在的"女"，更多地保存和体现了人的真正本性。同为强调"女人"身上的"女"，男权偏见是为了说明女人不是人，现代智慧是要启示女人更是人。当然，我们说女性拯救人类，并不意味着让女性独担这救世重任，而是要求男性更多地接受女性的熏陶，世界更多地倾听女性的声音，人类更多地具备女性的品格。

男子汉形象

做什么样的男人?

我从来不考虑这种问题。我心目中从来没有一个指导和规范我的所谓男子汉形象。我只做我自己。我爱写作,我只考虑怎样好好写我想写的作品。我爱女人,我只考虑怎样好好爱那一个与我共命运的好女人。这便是我作为男人所考虑的全部问题。

据说,每个时代都有一种具有时代特色的男子汉形象。在我看来,如果这不是平庸记者和无聊文人的杜撰,那也只是女中学生的幼稚想象。事实上,好男人是可以有非常不同的个性和形象的。如果一定要我提出一个标准,那么,我只能说,他们的共同特点是对人生、包括对爱情有一种根本的严肃性。不过,这与时代无关。

人在社会上生活，不免要担任各种角色。但是，倘若角色意识过于强烈，我敢断言一定出了问题。一个人把他所担任的角色看得比他的本来面目更重要，无论如何都暴露了一种内在的空虚。我不喜欢和一切角色意识太强烈的人打交道，例如名人意识强烈的名流，权威意识强烈的学者，长官意识强烈的上司，等等，那会使我感到太累。我不相信他们自己不累，因为这类人往往也摆脱不掉别的角色感，在儿女面前会端起父亲的架子，在自己的上司面前要表现下属的谦恭，就像永不卸装的演员一样。

人扮演一定的社会角色也许是迫不得已的事，依我的性情，能卸装时且卸装，要尽可能自然地生活。两性关系原是人最自然的生活领域，如果在这个领域里，男人和女人仍以强烈的角色意识相对峙和相要求，人生就真是累到家了。假如我是女人，反正我是不喜欢和刻意营造男子汉形象的男人一起生活的。

今天有一个怪现象：男人忽然纷纷做沉重状，做委屈状，做顾影自怜状，向女人和社会恳求更多的关爱。之所以出现这种现象，是因为他们感觉到了当今社会严酷的生存压力的挑战。然而，事实上，这种压力是男女两性共同面临的，并非只施于男性头上。

　　我认为今天的社会在总体上不存在男性压迫女性或女性压迫男性的情况，已经基本上实现了两性之间的社会平等。在此前提下，性别冲突是一个必须个案分析和解决的问题。在每一对配偶中，究竟是男人还是女人承受了更大的压力，不可一概而论。我怀疑无论是那些愤怒声讨男性压迫的女权主义者，还是那些沉痛呼喊男性解放的男权主义者，都是在同一架风车作战，这架风车的名字叫作男子汉形象。按照某种仿佛公认的模式，它基本上是两性对比中的强者形象。这个模式令一些好强而争胜的女人愤愤不平，又令一些好强而不甘示弱的男人力不从心。那么，何不抛开这个模式，男人和女人携起手来，肩并肩共同应对艰难生活的挑战呢？

女人和哲学

　　"女人搞哲学，对于女人和哲学两方面都是损害。"

　　这是我的一则随感中的话，发表以后，招来好些抗议。有人责备我受了蔑视女人的叔本华、尼采的影响，这未免冤枉。这则随感写在我读叔本华、尼采之前，发明权当属我。况且我的出发点绝非蔑视女人，我在这则随感中接着写的那句的确是真心话："老天知道，我这样说，是因为我多么爱女人，也多么爱哲学！"

　　我从来不认为女人与智慧无缘。依我所见，有的女人的智慧足以使多数男人黯然失色。从总体上看，女性的智慧也绝不在男性之下，只是特点不同罢了。连叔本华也不能不承认，女性在感性和直觉方面远胜于男性。不过，他出于哲学偏见，视感性为低级阶段，因而讥笑女人是长不大的孩子，说她们的精神发育"介于男性成人和小孩之间"。我却相反，我是把直觉看得比逻辑更宝贵的，所以对女性的智慧反而有所偏爱。在男人身上，理性的成熟每每以感性的退化为代价。这种情形在女人身上较少发生，实在是值得庆幸的。

就关心的领域而言，女性智慧是一种尘世的智慧、实际生活的智慧。女人不像男人那样好做形而上学的沉思。弥尔顿说："男人直接和上帝相通，女人必须通过男人才能和上帝相通。"依我看，对于女人，这并非一个缺点。一个人离上帝太近，便不容易在人世间扎下根来。男人寻找上帝，到头来不免落空。女人寻找一个带着上帝的影子的男人，多少还有几分把握。当男人为死后的永生或虚无这类问题苦恼时，女人把温暖的乳汁送进孩子的身体，为人类生命的延续做着实在的贡献。林语堂说过一句很贴切的话："男子只懂得人生哲学，女子却懂得人生。"如果世上只有大而无当的男性智慧，没有体贴入微的女性智慧，世界不知会多么荒凉。高尔基揶揄说："上帝创造了一个这么坏的世界，因为他是一个独身者。"我想，好在这个独身者尚解风情，除男人外还创造了另一个性别，使得这个世界毕竟不算太坏。

事实上，多数女人出于天性就不喜欢哲学。喜欢哲学的女人，也许有一个聪明的头脑，想从哲学中求进一步的训练；也许有一颗痛苦的灵魂，想从哲学中找解脱的出路。可惜的是，在多数情形下，学了哲学，头脑变得复杂、抽象，也就是不聪明了；灵魂愈加深刻、绝望，也就是更痛苦了。看到一个聪慧的女子陷入概念思辨的迷宫，说着费解的话，我不免心酸。看到一个可爱的女子登上形而上学的悬崖，对着深渊落泪，我不禁心疼。坏的哲学使人枯燥，好的哲学使人痛苦，两者都损害女性的美。我反对女人搞哲学，实在出于一种怜香惜玉之心。

翻开历史，有女人成为大诗人的，却找不到一例名垂史册的女哲人，这并非偶然。女人学哲学古已有之，毕达哥拉斯、柏拉图、伊壁鸠鲁都招收过女学生，成绩如何，则不可考。从现代的例子看，波伏瓦、苏珊·朗格、克里斯蒂娃等人的哲学建树表明，女人即使不能成为哲学的伟人，至少可以成为哲学的能者。那么，女人怎么损害哲学啦？这个问题真把我问住了。的确，若以伟人的标准衡量，除极个别如海德格尔者，一般男人也无资格问津哲学。若不是，则女人也不妨从事哲学研究。女人把自己的直觉、情感、务实精神带入哲学，或许会使哲学变得更好呢。只是这样一来，它还是否成其为哲学，我就不得而知了。

现代女性美的误区

我不知道什么是现代女性美，因为在我的心目中，女性美在于女性身上那些比较永恒的素质，与时代不相干。她的服饰不断更新，但衣裳下裹着的始终是作为情人、妻子和母亲的同一个女人。

女人比男人更接近自然之道，这正是女人的可贵之处。男人有一千个野心，自以为负有高于自然的许多复杂使命。女人只有一个野心，骨子里总是把爱和生儿育女视为人生最重大的事情。一个女人，只要她遵循自己的天性，那么，不论她在痴情地恋爱，在愉快地操持家务，还是在全神贯注地哺育婴儿，都无往而不美。

我的意思不是要女人回到家庭里。妇女解放，男女平权，我都赞成。女子才华出众，成就非凡，我更欣赏。但是，一个女人才华再高，成就再大，倘若她不肯或不会做一个温柔的情人、体贴的妻子、慈爱的母亲，她给我的美感就要大打折扣。

现在人们很强调女人的独立性。所谓现代女性，其主要特征大约就是独立性强，以区别于传统女性的依附于丈夫。过去女人完全依赖男人，原因在社会。去掉了社会原因，是否就一点不依赖了呢？大自然的安排是要男人和女人互相依赖的，谁也离不了谁。由男人的眼光看，一个太依赖别人的女人是可怜的，一个太独立的女人却是可怕的，和她们在一起生活都累。最好是既独立，又依赖，人格上独立，情感上依赖，这样的女人才是可爱的，和她一起生活既轻松又富有情趣。

其实女人自己何尝不想对男人有所依赖。当今社会最富独立性的女人或许有两种，一是在事业上独立创业的女强人，一是在爱情上独立不羁的女独身者。如果和她们深谈，你就会发现，她们多半感到很累，前者会遗憾自己没有充分享受闲适的家庭乐趣，后者始终在期待一个可以托付终身的男人。

让我明白地说一句吧——依我看，"现代"与"女性美"是互相矛盾的概念。现代社会太重实利，竞争太激烈，这对于作为感情动物的女性当然不是有利的环境。在这样的环境里，真正的女性即展现着纯真的爱和母性本能的女人日益减少，又有什么奇怪呢？不过，同时我又相信爱和母性是女人最深邃的本能，环境只能压抑它，却不能把它磨灭。受此本能的指引，女人对于人生当有更加正确的理解。男人为了寻找幸福而四面出征，争名夺利，到头来还不是回到这块古老的土地上，在女人和孩子身边，才找到人生最醇美的幸福？所以，为了生存和虚荣，女人们不妨鼓励你们的男人去竞争，但请你们记住我这一句话：好女人能刺激起男人的野心，最好的女人还能抚平男人的野心。

男人眼中的女人

一

女人是男人永恒的话题。

男人不论雅俗智愚，聚在一起谈得投机时，话题往往落到女人身上。由谈不谈女人，大致可以判断出聚谈者的亲密程度。男人很少谈男人。女人谈女人却不少于谈男人，当然，她们更投机的话题是时装。有两种男人最爱谈女人：女性蔑视者和女性崇拜者。两者的共同点是欲望强烈。历来关于女人的最精彩的话都是从他们口中说出的。那种对女性持公允折中立场的人说不出什么精彩的话，女人也不爱听，她们很容易听出公允折中背后的欲望乏弱。

二

古希腊名妓弗里妮被控犯有不敬神之罪，审判时，律师解开她的内衣，法官们看见她美丽的胸脯，便宣告她无罪。

这个著名的例子只能证明希腊人爱美，不能证明他们爱女人。

相反，希腊人往往把女人视为灾祸。在《荷马史诗》中，海伦私奔导致了长达十年的特洛伊战争。按照赫西俄德的神话故事，宙斯把女人潘多拉赐给男人是为了惩罪和降灾。阿耳戈的英雄伊阿宋祈愿人类有别的方法生育，使男人得以摆脱女人的祸害。以弗所诗人希波纳克斯在一首诗里刻毒地写道："女人只能带给男人两天快活，第一天是娶她时，第二天是葬她时。"

倘若希腊男人不是对女人充满了欲望，并且惊恐于这欲望，女人如何成为灾祸呢？

不过，希腊男人能为女人拿起武器，也能为女人放下武器。在阿里斯托芬的一个剧本中，雅典女人讨厌丈夫们与斯巴达人战火不断，一致拒绝同房，并且说服斯巴达女人照办，结果奇迹般地平息了战争。

　　我们的老祖宗也把女人说成祸水，区别在于，女人使希腊人亢奋，大动干戈，却使我们的殷纣王、唐明皇们萎靡，国破家亡。其中的缘由，想必不该是女人素质不同吧。

三

　　孔子说："唯女子与小人为难养也，近之则不逊，远之则有怨。"

　　这话对女人不公平。"近之则不逊"几乎是人际关系的一个规律，太近了，没有距离，谁都会被惯成或逼成小人，彼此不逊起来，不独女人如此。所以，两性交往，不论是恋爱、结婚还是某种亲密的友谊，都以保持适当距离为好。

　　君子远小人是容易的，要怨就让他去怨。男人远女人就难了，孔子心里明白："吾未见好德如好色者也。"既不能近之，又不能远之，男人的处境何其尴尬。那么，孔子的话是否反映了男人的尴尬，却归罪于女人？

　　"为什么女人和小人难对付？女人受感情支配，小人受利益支配，都不守游戏规则。"一个肯反省的女人对我如是说。大度之言，不可埋没，录此备考。

四

女性蔑视者只把女人当作欲望的对象。他们或者如叔本华，终身不恋爱不结婚，但光顾妓院，或者如拜伦、莫泊桑，一生中风流韵事不断，但绝不真正堕入情网。

叔本华说："女性的美只存在于男人的性欲冲动之中。"他要男人不被性欲蒙蔽，能禁欲更好。

拜伦简直是一副帝王派头："我喜欢土耳其对女人的做法：拍一下手，'把她们带进来！'又拍一下手，'把她们带出去！'"女人只为供他泄欲而存在。

女人好像不在乎男人蔑视她，否则拜伦、莫泊桑身边就不会美女如云了。虚荣心（或曰纯洁的心灵）使她仰慕男人的成功（或曰才华），本能又使她期待男人性欲的旺盛。一个好色的才子使她获得双重的满足，于是对她就有了双重的吸引力。

但好色者未必蔑视女性。有一个意大利登徒子如此说："女人是一本书，她们时常有一张吸引人的扉页。但是，如果你想享受，必须揭开来仔细读下去。"他对赐他以享受的女人至少怀着欣赏和感激之情。

女性蔑视者往往是悲观主义者，他的肉体和灵魂是分裂的，肉体需要女人，灵魂却已离弃尘世，无家可归。由于他只带着肉体去女人那里，所以在女人那里也只看到肉体。对于他，女人是供他的肉体堕落的地狱。女性崇拜者则是理想主义者，他透过升华的欲望看女人，在女人身上找到了尘世的天国。对一般男人来说，女人就是尘世和家园。凡不爱女人的男人，必定也不爱人生。

只用色情眼光看女人，近于无耻。但身为男人，看女人的眼光就不可能完全不含色情。我想不出在滤尽色情的中性男人眼里，女人该是什么样子。

五

"你到女人那儿去吗？别忘记带上鞭子！"——《查拉图斯特拉如是说》中这句恶毒的话，使尼采成了有史以来最臭名昭著的女性蔑视者，世世代代的女人都不能原谅他。然而，在该书的"老妇与少妇"一节里，这句话并非出自代表尼采的查拉图斯特拉之口，而是出自一个老妇之口，这老妇如此向查氏传授对付少妇的诀窍。

是衰老者嫉妒青春，还是过来人的经验之谈？

这句话的含义是清楚的：女人贱。在同一节里，尼采确实又说："男人骨子里坏，女人骨子里贱。"但所谓坏，是想要女人，所谓贱，是想被男人要，似也符合事实。

尼采自己到女人那里去时，带的不是鞭子，而是"致命的羞怯"，以致谈不成恋爱，只好独身。

代表尼采的查拉图斯特拉是如何谈女人的呢？

"当女人爱时，男人当知畏惧：因为这时她牺牲一切，别的一切她都认为毫无价值。"

尼采知道女人爱得热烈和认真。

"女人心中的一切都是一个谜，谜底叫作怀孕。男人对于女人是一种手段，目的总在孩子。"

尼采知道，母性是女人最深的天性。

他还说：真正的男人是战士和孩子，作为战士，他渴求冒险；作为孩子，他渴求游戏。因此他喜欢女人，犹如喜欢一种"最危险的玩物"。

把女人当作玩物，不是十足的蔑视吗？可是，尼采显然不是只指肉欲，更多是指与女人恋爱的精神乐趣，男人从中获得了冒险欲和游戏欲的双重满足。

人们常把叔本华和尼采并列为蔑视女人的典型。其实，和叔本华相比，尼采是更懂得女人的。如果说他也蔑视女人，他在蔑视中仍带着爱慕和向往。叔本华根本不可能恋爱，尼采能，可惜的是运气不好。

六

有一回，几个朋友在一起谈女人，托尔斯泰静听良久，突然说："等我一只脚踏进坟墓时，再说出关于女人的真话，说完立即跳到棺材里，砰一声把盖碰上。来捉我吧！"据在场的高尔基说，当时他的眼光又调皮，又可怕，使大家沉默了好一会儿。还有一回，有个德国人编一本名家谈婚姻的书，向萧伯纳约稿。萧伯纳回信说："凡人在其太太未死时，没有能老实说出他对婚姻的意见的。"这是俏皮话，但俏皮中有真实，包括萧伯纳本人的真实。

一个要自己临终前说，一个要太太去世后说，可见说出的绝不是什么好话。

不过，其中又有区别。自己临终前说，说出的多半是得罪一切女性的冒天下大不韪之言。太太去世后说，说出的必定是不利于太太的非礼的话了。有趣的是，托尔斯泰年轻时极放荡，一个放荡男人不能让天下女子知道他对女人的真实想法；萧伯纳一生恪守规矩，一个规矩丈夫不能让太太知道他对婚姻的真实意见。那么，一个男人要对女性保有美好的感想，他的生活是否应该在放荡与规矩之间，不能太放荡，也不该太规矩呢？

七

亚里士多德把女性定义为残缺不全的性别，这个谬见流传甚久，但在生理学发展的近代，愈来愈不能成立了。近代的女性蔑视者便转而断言女人在精神上发育不全，只停留在感性阶段，未上升到理性阶段，所以显得幼稚、浅薄、愚蠢。叔本华不必提了，连济慈这位英年早逝的诗人也不屑地说："我觉得女人都像小孩，我宁愿给她们每人一颗糖果，也不愿把时间花在她们身上。"然而，正是同样的特质，却被另一些男人视为珍宝。如席勒所说，女人最大的魅力就在于天性纯正。一个女人愈是赋有活泼的直觉、未受污染的感性，就愈具女性智慧的魅力。

　　理性绝非衡量智慧的唯一尺度，依我看也不是最高尺度。叔本华引沙夫茨伯利的话说："女人仅为男性的弱点和愚蠢而存在，却和男人的理性毫无关系。"照他们的意思，莫非要女人也具备发达的逻辑思维，可以和男人讨论复杂的哲学问题，才算得上聪明吗？我可没有这么蠢！真遇见这样热衷于抽象推理的女人，我是要躲开的。我同意瓦莱里定的标准："聪明女子是这样一种女性，和她在一起时，你想要多蠢就可以多蠢。"我去女人那里，是为了让自己的理性休息，可以随心所欲地蠢一下，放心地从她的感性里获得享受和启发。一个不能使男人感到轻松的女人，即使她是聪明的，至少她也做得很蠢。

　　女人比男人更属于大地。一个男人若终身未受女人熏陶，他的灵魂便是一个飘荡天外的孤魂。惠特曼很懂得这个道理，所以他对女人说："你们是肉体的大门，你们也是灵魂的大门。"当然，这大门是通向人间而不是通向虚无缥缈的天国的。

八

男人常常责备女人虚荣。女人的确虚荣，她爱打扮，讲排场，喜欢当沙龙女主人。叔本华为此瞧不起女人。他承认男人也有男人的虚荣，不过，在他看来，女人是低级虚荣，只注重美貌、虚饰、浮华等物质方面，男人是高级虚荣，倾心于知识、才华、勇气等精神方面。反正是男优女劣。

同一个现象，到了英国作家托马斯·萨斯笔下，却是替女人叫屈了："男人们多么讨厌妻子购买衣服和零星饰物时的长久等待；而女人们又多么讨厌丈夫购买名声和荣誉时的无尽等待——这种等待往往耗费了她们大半生的光阴！"

男人和女人，各有各的虚荣。世上也有一心想出名的女人，许多男人也很关心自己的外表。不过，一般而论，男人更渴望名声，炫耀权力，女人更追求美貌，炫耀服饰，似乎正应了叔本华的话，其中有精神和物质的高下之分。但是，换个角度看，岂不恰好表明了女人的虚荣仅是表面的，男人的虚荣却是实质性的。女人的虚荣不过是一条裙子、一个发型、一场舞会，她对待整个人生并不虚荣，在家庭、儿女、婚丧等大事上抱着相当实际的态度。男人虚荣起来可不得了，他要征服世界，扬名四海，流芳百世，为此不惜牺牲一生的好光阴。

当然，男人和女人的虚荣又不是彼此孤立的，他们实际上在互相鼓励。男人以娶美女为荣，女人以嫁名流为荣，各自的虚荣助长了对方的虚荣。如果没有异性的目光注视着，女人们就不会那么醉心于时装，男人们追求名声的劲头也要大减。

虚荣难免，有一点无妨，还可以给人生增添色彩，但要适可而止。为了让一个心爱的女人高兴，我将努力去争取成功。然而，假如我失败了，或者我看穿了名声的虚妄而自甘淡泊，她仍然理解我，她在我眼中就更加可敬了。男人和女人之间，毕竟有比名声或美貌更本质、更长久的东西存在着。

九

莎士比亚借哈姆雷特之口叹道："软弱，你的名字是女人！"他是指女人经不住诱惑。女人误解了这话，每每顾影自怜起来，越发觉得自己弱不禁风，不堪一击。可是，我们看到女人在多数场合比男人更能适应环境，更经得住灾难的打击。这倒不是说女人比男人刚强，毋宁说，女人柔弱，但柔者有韧性，男人刚强，但刚者易摧折。大自然是公正的，不让某一性别占尽风流，它又是巧妙的，处处让男女两性互补。在男人眼里，女人的一点软弱时常显得楚楚动人。有人说俏皮话："当女人的美眸被泪水蒙住时，看不清楚的是男人。"一个女人向伏尔泰透露同性的秘密："女人在用软弱武装自己时最强大。"但是，不能说女人的软弱都是装出来的，她不过是巧妙地利用了自己固有的软弱罢了。女人的软弱，说到底，就是渴望有人爱她，她比男人更不能忍受孤独。对于这一点软弱，男人倒是乐意成全。但是，超乎此，软弱到不肯自立的地步，多数男人是要逃跑的。

如果说男人喜欢女人弱中有强，那么，女人则喜欢男人强中有弱。女人本能地受强有力的男子吸引，但她并不希望这男子在她面前永远强有力。一个窝囊废的软弱是可厌的，一个男子汉的软弱却是可爱的。正像罗曼·罗兰所说："在女人眼里，男人的力遭摧折是特别令人感动的。"她最骄傲的事情是亲手包扎她所崇拜的英雄的伤口，亲自抚慰她所爱的强者的弱点。这时候，不但她的虚荣和软弱，而且她的优点——她的母性本能，也得到了满足。母性是女人天性中最坚忍的力量，这种力量一旦被唤醒，世上就没有她承受不了的苦难。

我对女性只有深深的感恩

歌德是一个大文豪，也是一个大情种，一生中恋爱不断，在女人身上享尽了艳福，也吃足了苦头，获得了大量灵感，也吸取了许多教训。老天赋予他一个情欲饱满的身体和一颗易感的心，使他一走近女人就春心荡漾，热血沸腾。不过，最后成就的不是一个普通的登徒子，而是一个伟大的诗人。他的天才使他能够把从女人身上得到的全部快乐和痛苦都酿成艺术的酒，他的超乎常人的强大理性又使他能够及时地从每一次艳遇、热恋、失恋、单恋中拔出身来，不在情欲之海中灭顶，反而把这一切经历用作认识的材料。认识什么？认识世界和人生，也认识女性。回过头去看，他所迷恋的那一个个具体的女人都是他的老师，他在她们身边度过的那些要死要活的日子都是他的功课，他经由她们学习这门叫作女性的课程。最后，这个勤奋的学生在八十二岁的时候终于交出了毕业答卷，就是诗剧《浮士德》第二部的结束语："永恒之女性，引导我们走。"

在我看来，这句话也是歌德一世风流的结束语，是他的女性观的总结。从这句话中，我读出的是他对女性深深的感恩。与女人之间的所有情感纠葛、一生的爱的纷乱，都在这感恩之中平静下来了。恋爱是短暂的，与每一个女人的肌肤之亲是短暂的，然而，女性是永恒的。这永恒的女性化身为青春少女，引我们迷恋可爱的人生；化身为妻子，引我们执着平凡的人生；又化身为母亲，引我们包容苦难的人生。在这永恒的女性引导下，人类世代延续，生生不息，不断唱响生命的凯歌。

当然，我不是歌德，没有他的天才，也没有他的丰富阅历。但是，身为男人，我也喜欢女人，也由自己的经历体会和认识女人，而最后的心情也和歌德一样，我对女性只有深深的感恩。男女恩怨，一切怨都会消逝，女性给人生、给世界的恩却将永存。我相信，不但我，一切懂得算总账的男人，都会是这样的心情。希腊神话里的英雄伊阿宋因为美狄亚的复仇而怨恨全部女性，祈愿人类有别的方法生育，使男人可以彻底摆脱女人。我倒希望上天成全他的祈愿，给像他这样的男人另造一个没有女人的世界，让他们去享受无性繁殖的幸福。

至于我自己，我无比热爱眼前这个充满着女性魅惑和女性恩惠的世界，无论给我什么报偿，我都绝不肯去伊阿宋的理想世界里待上哪怕一天。

能使男人受孕的女人

这个题目是从萨尔勃（L.Salber）所著《莎乐美》（*Lou Salome*）中的一段评语概括而来，徐菲在《一个非凡女人的一生：莎乐美》中引用了这段话。不过，现在我以之为标题，她也许会不以为然。徐菲是一位旗帜鲜明的女性主义者，她对文化史上诸多杰出女性情有独钟，愤慨于她们之被"他的故事"遮蔽，决心要还她们以"她的故事"的本来面貌，于是我们读到了由她主编的"永恒的女性"丛书，其中包括她自己执笔的《莎乐美》这本书。

我承认，我知道莎乐美其人，　开始的确是通过若干个"他的故事"。在尼采的故事中，她正值青春妙龄，天赋卓绝，使这位比她年长十八岁的孤独的哲学家一生中唯一一次真正坠入了情网。在里尔克的故事中，她年届中年，魅力不减，仍令这位比她小十五岁的诗人爱得如痴如醉。在弗洛伊德的故事中，她以知天命之年拜师门下，其业绩令这位比她年长六岁的大师刮目相看，誉为精神分析学派的巨大荣幸。单凭与这三位天才的特殊交往，莎乐美的名字在我心中就已足够辉煌了。所以，当我翻开这第一本用汉语出版的莎乐美传记时，不由得兴味盎然。

莎乐美无疑极具女性的魅力，因而使遇见她的许多男子神魂颠倒。但是，与一般漂亮风流女子的区别在于，她还是一个对于精神事物具有非凡理解力的女人。正因为此，她才能够使得像尼采和里尔克这样的天才男人在精神上受孕。尼采对她不成功的热恋只维持了半年，两人终于不欢而散。然而，对尼采来说，与一个"智性和趣味深相沟通"（尼采语）的可爱女子亲密相处的经验是非同寻常的。这个孩子般天真的姑娘一眼就看到了他深不可测的孤独，他心中阴暗的土牢和秘密的地窖，同时又懂得欣赏他近于女性的温柔和优雅的风度。莎乐美后来在一部专著中这样评论尼采："他的全部经历都是一种如此深刻的内在经历""不再有另一个人，外在的精神作品与内在的生命图像如此完整地融为一体"。虽然这部专著发表时尼采已患精神病，因而不能阅读了，可是，其中贯穿着的对他的理解想必是他早已领略过且为之怦然心动的。如果说他生平所得到的最深刻理解竟来自一个异性，这使他感受到了胜似交欢的极乐，那么，最后备尝的失恋的痛苦则几乎立即就转变成了产前的阵痛，在被爱情和人寰遗弃的彻底孤独中，一部最奇特的作品《查拉图斯特拉如是说》脱胎而出了。

　　里尔克的情形有很大不同。与里尔克相遇时，莎乐美已是一个成熟的妇人，她便把这成熟也带给了初出茅庐的诗人。同为知音，在尼采那里，她是学生辈，在里尔克这里，她是老师辈了。她与里尔克延续了三年的情人关系，友谊则保持终身，直到诗人去世。从年龄看，他们的情人关系几近于乱伦，但她自己对此有一个合理的解释，说他们是"乱伦还不算是犯下渎神罪的世纪前的兄弟姐妹"。在某种意义上，她对里尔克在精神上的关系也像是一位年长的性爱教师，她帮助他克服感情上的夸张，与他一起烧毁早期那些矫揉造作的诗，带领他游历世界和贴近生活，引导他走向事物的本质和诗的真实。里尔克自己说，正是在莎乐美的指引下，他变得成熟，学会了表达质朴的东西。如果没有莎乐美，尼采肯定仍然是一个大哲学家，但里尔克能否成长为二十世纪最优秀的德语诗人就不好说了。

我们也许要问，莎乐美对尼采和里尔克如此心有灵犀，为何却开始断然拒绝了尼采的求爱，继而冷静地离开了始终依恋她的里尔克？作者在引言中有一句评语，我觉得颇为中肯："莎乐美对男人们经久不衰的魅力在于：她懂得怎样去理解他们，同时又保持自己的独立性。"当然，莎乐美这样做不是故意要吊男人的胃口，而是她自己不肯受任何一个男人支配。一位同时代人曾把她独立不羁的个性喻为一种自然力，一道急流，汹涌向前，不问结果是凶是吉。想必她对自己的天性是有所了解的，因此，在处理婚爱问题时反倒显得相当明智。她的婚姻极其稳定，长达四十三年之久，直到她的丈夫去世，只因为这位丈夫完全不干涉她的任何自由。她一生中最持久的性爱伴侣也不是什么哲学家或艺术家，而是一个待人宽厚的医生。不难想象，敏感如尼采和里尔克，诚然欣赏她的特立独行，但若长期朝夕厮守，同样的个性必定就会成为一种伤害。两个独特的个性最能互相激励，却最难在一起过日子。所以，莎乐美离开尼采和里尔克，何尝不是也在替他们考虑。

写到这里，我发现自己已难逃男性偏见之讥。在作者所叙述的

"她的故事"中，我津津乐道的怎么仍旧是与"他的故事"纠缠在一起的"她"呢？我赶快补充说，莎乐美不但能使男人受孕，而且自己也是一个多产的作家，写过许多小说和论著。她有两部长篇小说的主人公分别以尼采（《为上帝而战》）和里尔克（《屋子》）为原型，她的论著的主题先后是易卜生、尼采、里尔克、弗洛伊德的思想或艺术……唉，又是这些男人！看来这是没有办法的：男人和女人互相是故事，我们不可能读到纯粹的"他的故事"或"她的故事"，人世间说不完的永远是"她和他的故事"。我非常赞赏作者所引述的莎乐美对两性的看法：两性有着不同的生活形式，要辨别何种形式更有价值是无聊的，两性的差异本身就是价值，借此才能把生活推进到最高层次。我相信，虽然莎乐美的哲学和文学成就肯定比不上尼采和里尔克，但是，莎乐美一生的精彩并不亚于他们。我相信，无须用女性主义眼光改写历史，我们仍可对历史上的许多杰出女性深怀敬意。这套丛书以歌德的诗句命名是发人深省的。在《浮士德》中，"永恒的女性"不是指一个女人，甚至也不是指一个性别。细读德文原著可知，歌德的意思是说，"永恒的"与"女性的"乃同义语，在我们所追求的永恒之境界中，无物消逝，一切既神秘又实在，恰似女性一般圆融。也就是说，正像男人和女人的肉体不分性别都孕育于子宫一样，男人和女人的灵魂也不分性别都向往着天母之怀抱。女性的伟大是包容万物的，与之相比，形形色色的性别之争不过是一些好笑的人间喜剧罢了。

欣赏另一半

　　一个女精神分析学家告诉我们：精子是一个前进的箭头，卵子是一个封闭的圆圈，所以，男人好斗外向，女人温和内向。她还告诉我们：在性生活中，女性的快感是全身心的，男性的快感则集中于性器官，所以，女性在整体性方面的能力要高于男性。

　　一个男哲学家告诉我们：男人每隔几天就能产生数亿个精子，女人将近一个月才能产生一个卵子，所以，一个男人理应娶许多妻子，而一个女人则理应忠于一个丈夫。

　　都是从性生理现象中找根据，结论却互相敌对。

　　我要问这位女精神分析学家：精子也很像一条轻盈的鱼，卵子也很像一只迟钝的水母，这是否意味着男人比女人活泼可爱？我还要问她：在性生活中，男人射出精子，而女人接受，这是否意味着女性的确是一个被动的性别？

我要问这位男哲学家：在一次幸运的性交中，上亿个精子里只有一个被卵子接受，其余均遭淘汰，这是否意味着男人在数量上过于泛滥，应当由女人来对他们加以筛选而淘汰掉大多数？

我真正要说的是：性生理现象的类比不能成为性别褒贬的论据。

在日常生活中，我们也常常会听到在男女之间分优劣比高低的议论，虽然不像这样披着一层学问的外衣。两性之间在生理上和心理上的差异是一个明显的事实，否认这种差异当然是愚蠢的，但是，试图论证在这种差异中哪一性更优秀是无聊的。正确的做法是把两性的差异本身当作价值，用它来增进共同的幸福。

超出一切性别论争的一个事实是，自有人类以来，男女两性就始终互相吸引和寻找，不可遏止地要结合为一体。对于这个事实，柏拉图的著作里有一种解释：很早的时候，人都是双性人，身体像一只圆球，一半是男一半是女，后来被从中间劈开了，所以每个人都竭力要找回自己的另一半，以重归完整。我曾经认为这种解释太幼稚，而现在，听多了现代人的性别论争，我忽然领悟了它的深刻寓意。

寓意之一：无论是男性特质还是女性特质，孤立起来都是缺点，都造成了片面的人性，结合起来便都是优点，都是构成健全人性的必需材料。譬如说，如果说男性刚强，女性温柔，那么，只刚不柔便成脆，只柔不刚便成软，刚柔相济才是韧。

寓意之二：两性特质的区分仅是相对的，从本原上说，它们并存于每个人身上。一个刚强的男人也可以具有内在的温柔，一个温柔的女人也可以具有内在的刚强。一个人越是蕴含异性特质，在人性上就越丰富和完整，因此也越善于在异性身上认出和欣赏自己的另一半。相反，那些为性别优劣争吵不休的人（当然更多是男人），容我直说，他们的误区不只在理论上，真正的问题很可能出在他们的人性已经过于片面化了。借用柏拉图的寓言来说，他们是被劈开得太久了，以致只能僵持于自己的这一半，认不出自己的另一半了。

图书在版编目（CIP）数据

每个人都是一个宇宙：全新修订版 / 周国平著 . --
长沙：湖南文艺出版社，2020.1
ISBN 978-7-5404-9379-0

Ⅰ . ①每… Ⅱ . ①周… Ⅲ . ①散文集－中国－当代
Ⅳ . ① I267

中国版本图书馆 CIP 数据核字（2019）第 264802 号

上架建议：文学・散文

MEI GE REN DOUSHI YI GE YUZHOU：QUANXIN XIUDING BAN
每个人都是一个宇宙：全新修订版

作　　者：周国平
出 版 人：曾赛丰
责任编辑：薛　健　刘诗哲
监　　制：邢越超
特约策划：李彩萍　闫　雪
特约编辑：万江寒
版权支持：姚珊珊
营销支持：文刀刀　傅婷婷　周　茜
版式设计：梁秋晨
封面设计：利　锐
封面插画：站酷@花吃了那怪兽
出　　版：湖南文艺出版社
　　　　　（长沙市雨花区东二环一段508号　邮编：410014）
网　　址：www.hnwy.net
印　　刷：天津丰富彩艺印刷有限公司
经　　销：新华书店
开　　本：835mm×1270mm　1/32
字　　数：168千字
印　　张：8
版　　次：2020年1月第1版
印　　次：2020年1月第1次印刷
书　　号：ISBN 978-7-5404-9379-0
定　　价：48.00元

若有质量问题，请致电质量监督电话：010-59096394
团购电话：010-59320018